28 gennaio 25
f

A ricordo della
ns. terra.

Maria Chi
Claudio.

NUMERI PRIMI

MAURO CORONA

VENTI RACCONTI ALLEGRI E UNO TRISTE

MONDADORI

www.librimondadori.it - www.numeriprimi.com

Venti racconti allegri e uno triste
di Mauro Corona
Published by arrangement with Susanna Zevi Agenzia Letteraria
© 2012 Arnoldo Mondadori Editore S.p.A., Milano

ISBN 978-88-6621-060-3

I edizione Scrittori italiani e stranieri novembre 2012
I edizione NumeriPrimi° agosto 2013

Anno 2014 - Ristampa   2 3 4 5 6 7

VENTI RACCONTI ALLEGRI E UNO TRISTE

A ricordo dell'amico Silvio Filippin,
che visse la tristezza in allegria.

Chiarimento

Stanco di storie tristi, lette e peggio ancora scritte, m'ero promesso di fare alcuni racconti allegri, per l'esattezza venti. E, con la cautela di non perdere il vizio, anche uno triste. Il numero venti serviva alla fonetica del titolo, per armonia e scioltezza vocale, non altro. Potevano essere trenta, quaranta, cinquanta. Sarebbe suonato bene lo stesso, ma poi avrei dovuto scriverli ed erano troppi. "Venti racconti allegri", invece, mi pareva titolo perfetto e numero bastante, mentre, poniamo, "Ventitré racconti allegri" avrebbe insultato l'orecchio, dal momento che si legge soprattutto con l'udito. Quell'udire della mente, caro a Fernando Pessoa. In *Cent'anni di solitudine*, tutti quegli anni servivano al titolo, giacché il libro si sarebbe contentato di molti meno. Ma non poteva esistere per esempio un "Ottantadue anni di solitudine". Ne sortiva un inciampo ritmico, così García Márquez, maestro indiscusso di ritmo, ne ha incollati cento, uno dopo l'altro.

Questi venti allegri sono racconti uditi qua e là, nei paesi, nelle osterie, vissuti personalmente. Barzellette letterarie realmente accadute, anche se i nomi dei protagonisti, salvo quello di Icio, sono inventati. Mentre li scrivevo mi sono divertito come mi sono sempre divertito a fare libri, a raccontarmi storie per rimanere a galla. La scrittura è un salvagente, si scrive solo per se stessi. Non ho mai sofferto l'incubo della pagina bianca che precipita nel terrore gli autori. Quando siedo e prendo la penna, la trama l'ho in mente dall'inizio alla fine. Altrimenti faccio altro. Di incubi ne ho già d'avanzo, non aggiungerò quello della pagina vergine.

I venti racconti li conoscevo da anni. Mentre li buttavo giù su un quaderno pensavo: "Finalmente qualcosa di allegro, che fa ridere, che tiene su il lettore". Invece non è stato così e il progetto è fallito miseramente. Questi non sono racconti allegri. Non lo sono affatto. Tra le righe fioriscono episodi che, sì, possono muovere a risate ma, all'origine di tali vicende, m'accorgo che ci sono tristezza, fallimento, solitudine e disperazione. C'è niente di allegro nell'esistenza, nemmeno l'amore. Anzi, in quello c'è più dolore che nella morte. Le barzellette più ciniche e spassose nascono dall'amarezza, dalla resa totale a quella che Pessoa definiva "la tragedia chimico-fisica chiamata vita".

I comici che cercano di farci ridere affrontano un'impresa sempre più ardua perché il mondo ride sempre meno. Se li scrutiamo bene sono individui profondamente infelici e tristi. Basta guardarli in faccia. Seri, spaesati, non ridono mai. Mi vengono in mente Stanlio e Ollio, Totò, Buster Keaton, Charlot, Gianni e Pinotto. Ritratti dolorosi, autentici pilastri di malinconia. E i più recenti Woody Allen, Benigni e tanti altri comici così tristi che riescono a far ridere quelli che non ridono mai.

Questi racconti allegri, nonostante il titolo sono, ahimè, disperatamente malinconici. I protagonisti, gente di margine, pietre scartate dai costruttori del palazzo buono, cercano di stare a galla aggirando la vita dalla parte che credono più facile. E affondano nelle scorciatoie ridendo, senza neppure accorgersene. Non prendono l'esistenza sul serio, non prendono sul serio niente, men che meno se stessi. Ma quando fanno qualcosa ci mettono il cuore, e il cuore degli ingenui spesso ride e fa ridere. Forse hanno capito tutto: non vale la pena sgomitare, né affannarsi per le briciole avanzate dalla vita.

Alla resa dei conti, stanco di storie tristi, lette e peggio ancora scritte, non ho fatto altro che raccontarne venti più tristi ancora. D'altronde uno è quello che è. Non si scrive quel che si vorrebbe ma quel che si è capaci di scrivere. E, come disse Borges: "Se un uomo fa qualcosa, non fa altro che il ritratto di se stesso". Così, se da queste pagine sbuca una storia davvero allegra, è la ventunesima, quella che, nell'intenzione, doveva essere triste. Forse perché la vera allegria è prendere l'esistenza al contrario. Ridere a crepapelle là dove si dovrebbe piangere.

Ma questa la chiamano follia.

Erto, 26 maggio 2012, due di notte

1

Rinoceronte

Quella mattina si doveva ammazzare il maiale, e gli addetti erano tutti ubriachi. Avevano bevuto lungo la notte vegliando il corpo di un amico. All'alba, lasciarono il morto, maciullato da un tronco, sul tavolaccio con quattro candele accese, rigido. Poi si presentarono all'appuntamento. Erano otto. Zuan de Pil, Zuan Pez Piciol, Chino Giant, Ernesto Rostapita, Fulvio Santamaria, gemello di Carlo, Clausura e due che non serve fare il nome. Nevicava. Veniva giù come non aveva mai nevicato. Era tempo da stare in casa. Ma il maiale andava accoppato lo stesso. Il giorno del norcino chiede rispetto, è sacro, non ci sono neve, pioggia o vento che tengano. Quello detto Clausura era Jan de Bono, fratello di Firmin. Lo chiamavano così perché stava tutto l'anno chiuso in casa. Usciva solo il mese di dicembre per spinare il sangue ai maiali. Era l'accoltellatore ufficiale e si vantava. Arrivò brandendo una baionetta affilata a rasoio. La agitava in aria, ciondolava, farfugliava. Lo disarmarono o si sarebbe ferito.

«Sta' buono là seduto» gli disse Zuan de Pil.

Clausura si mise sul ciocco da spaccare tronchi, fuori dalla tettoia, nel cortile. Restò così un bel po', le mani in tasca. La neve gli cresceva sul cappello. Qualcuno arrotolò una sigaretta, l'accese e gliela infilò in bocca.

«Grazie» borbottò Clausura. Col movimento delle labbra, la sigaretta andava su e giù. L'accoltellatore fumava senza cavare le mani di tasca. In silenzio. Solo una volta sibilò: «Datemi il coltello».

«Dopo» disse Zuan de Pil, che pareva il più in linea. «Dopo ti diamo il coltello, intanto sta' buono lì.»

Misero sopra il fuoco una grande caldiera per bollire l'acqua. Bestemmiavano, davano ordini confusi, seguitavano a bere. Sul tavolo c'era una damigiana di rosso con la canna infilata. Mettevano la scodella, giravano la chiavetta e il vino colava facendo spuma rossa.

«Basta bere» disse Zuan Pez Piciol. «C'è da fare il porco.»

«Lo facciamo» disse Chino Giant, «non preoccuparti, lo facciamo. Se prendo tua sorella faccio il porco.»

Accanto al tavolo con la damigiana, ce n'era un altro più grande, che doveva accogliere il suino per lavorarlo e farlo a tocchi. In fila, uno dopo l'altro, c'erano i coltelli, la manéra e la sega per aprire lo sterno. Dalla stalla giungevano a tratti gli sbuffi del maiale che grugniva. Poveraccio, se avesse saputo! Sempre sul tavolo grande, stava un tubo metallico, lucido, lungo circa trenta centimetri, coperto da un panno. Era la "pistola" ammazza-bestie, attrezzo speciale in dotazione a Rostapita. Si trattava di un cilindro d'acciaio munito all'estremità di pistoncino mobile e di grilletto nella parte inferiore. La cartuccia a salve calibro ventidue, esplodendo, avrebbe dato urto al pistoncino che sarebbe penetrato nel cranio dell'animale da far fuori. Occorre premere bene l'arma sull'osso e tenerla forte. Quell'aggeggio, che non somiglia affatto a una pistola anche se così viene chiamata, era l'orgoglio di Ernesto Rostapita. Ce l'aveva soltanto lui e solo lui ingaggiavano per abbattere il bestiame. Dopo interveniva Clausura a spinare il sangue con la baionetta e tagliare la testa. Una volta all'anno, dal primo dicembre all'Epifania. Poi tornava nella tana, l'aria degli altri mesi non gli era indispensabile.

Risparmiando lira su lira, Rostapita era riuscito a comprarsi la pistola ammazza-tutto. Alcuni anni dopo con quell'attrezzo ammazzò la moglie, ma questa è un'altra storia.

Ora menava vanto e la metteva a servizio di chi ne aveva bisogno. Dietro compenso, chiaramente.

«Con trenta morti me la son pagata» diceva fiero.

Di solito era un professionista scrupoloso e preciso ma quella mattina si trovava in cattive condizioni.

Come gli altri aveva vegliato il morto, onorandone la memoria a suon di ricordi e acquavite. Ogni tanto guatava l'arma coperta dal panno.

«È mia» diceva, «l'adopero soltanto io.»

L'acqua nella caldiera attaccò a bollire. Il vino nella damigiana attaccò a calare.

«C'è da prendere il porco» disse Santamaria.

Partirono in sei. Sei bastano a trascinare un maiale. Andarono alla stalla. Nevicava, la tettoia era stracarica. Due uomini la puntellarono con un palo.

«Non si sa mai» disse Zuan Pez Piciol.

Dalla stalla si cominciò a sentire casino. Si udivano frastuoni, colpi, tonfi, urla e bestemmie. Poi spuntarono. Erano riusciti a rovesciare il porco e lo trascinavano per le gambe. Uno gli aveva legato la corda al collo e tirava. L'ultimo tirava la coda.

«No per la coda» intimò Santamaria, «è disonore.»

L'altro, che era Zuan de Pil, mollò la coda per passare alla corda. Faticavano. Il maiale era duecentocinquanta chili, la neve ingombrava, il vino faceva sbandare. Uno perse la zampa. Era sudicia, sporca di escrementi, slittava. L'uomo finì con la faccia nella neve. Si tirò su bestemmiando, mollò un calcio nella pancia al porco, artigliò di nuovo la zampa e riprese a tirare. Passarono davanti al Clausura, che aveva una spanna di neve sul cappello.

«Preparati» gli disse Santamaria.

«Sono pronto» ruminò. Si alzò, cercò la baionetta e l'afferrò.

Rostapita aveva tolto il panno che copriva l'ammazzatutto. La guardava orgoglioso, rimirava l'utensile di morte. Presto sarebbe toccato a lei entrare in azione. Dalla scatolina cavò una cartuccia e la infilò nella camera di scoppio. Adesso l'oggetto era diventato pericoloso, viveva, prima era solo un pezzo di ferro.

«Non toccatela» disse rivolto agli altri.

«Svelto» disse Santamaria. «Questo non lo tieni facile.»

Il porco si ribellava, puntava il muso, premeva, voleva scappare. Forse aveva capito e lanciava urli da far spavento. Dicono che i maiali sentano l'arrivo della morte, e allora si difendono, mordono, scalciano riottosi. Nessuno vuole crepare senza reagire.

Rostapita impugnò l'arma e si avvicinò.

«Ocio!» intimò.

«Ocio che?» brontolò Zuan de Pil. «Mica possiamo mollarlo. Sbrigati invece.»

Due uomini si erano seduti sul maiale per tenerlo fermo. Quattro gli bloccavano le zampe. La grossa testa del suino pareva un ceppo e scattava qua e là. Era l'unica parte che poteva muovere e la muoveva per dire no. Rostapita avvicinò l'arma al testone e la premette in mezzo agli occhi. «Tenetelo fermo» disse.

Ma fermo non lo tennero. Con un'impennata, il porco rinculò pochi millimetri proprio mentre Rostapita premeva il grilletto. Sentendo l'acciaio sul muso, l'animale aveva capito e voleva sottrarsi alla fine con l'ultimo scarto. Il pistoncino penetrò nel duro osso del cranio ma non a sufficienza per stendere il bestione. A quel punto il maiale fece sul serio. Terrorizzato dalla morte diventò drago. Con uno scossone si liberò di tutti e tutto. Saltò in piedi, non più urlando ma ruggendo. Il cilindro d'acciaio gli era rimasto conficcato in mezzo al capo. Invano Rostapita cercò di estrarlo. Il pistoncino era bloccato nell'osso come un ferro nel cemento armato. Il porco partì alla carica come una locomotiva. Facendo volare la neve, si lanciò in avanti verso la chiesa. Da lì, prese via San Rocco a tutta velocità, sempre col corno d'acciaio infilato nel cranio. Urlava da far accapponare la pelle. Correva aprendo la neve di cipria, che volava ai lati e ricadeva dietro di lui.

Dalla casa sotto la canonica stava salendo l'esperto norcino Pietro Paigne. Pacifico come sempre, le mani in tasca, andava a controllare se tutto procedeva bene. Nel caso a dare una mano. Non amava la confusione, ma quel giorno volle sovrintendere. Pietro Paigne era un uomo tranquillo, difficilmente scomponeva la voce o perdeva le staffe. Nelle situazioni più strane, comiche o drammatiche, conservava una calma olimpica e la serenità di chi, dopo settantacinque anni, ha capito qualcosa. Nonostante ciò quando vide sfrecciargli accanto un maiale da duecentocinquanta chili, con un cilindro d'acciaio piantato nel muso, restò allibito anche lui. Non si capacitava. La scena improvvisa, surreale, lo fulminò. Ma non si scompose. Guardò l'animale fendere la neve diretto verso i Buchi di Stolf. E poi percorrere a razzo l'intera via San Rocco e sparire ruggendo dietro l'angolo di casa Marmorin.

Nel frattempo, dopo il primo sconcerto, di là stavano organizzando la cattura. Chino Giant salì a casa a prendere il fucile, una vecchia doppietta Saint Etienne calibro dodici. Infilò due cartucce a pallettoni e tornò nel cortile.

Clausura, baionetta in mano e neve sul cappello, attendeva ordini.

Santamaria disse: «Stiamo calmi, non andrà lontano, non si fa molta strada con un tondino nel cranio».

«È forte» disse Rostapita, «non creperà facile. Maledetto! Si è mosso giusto nel momento sbagliato.»

Pietro Paigne avanzava verso di loro raschiando il muro della chiesa per schivare la nevicata. Arrivò davanti al gruppo degli ammazzatori fermandosi a gambe divaricate e mani in saccoccia.

«Canajs» disse con calma, «me sbalge o èe vedù 'n rinoceronte?»

Poi si versò un bicchiere. Quelli non avevano voglia di ridere né di rispondere a battute. Lo presero a male parole e partirono in fila indiana, uno dopo l'altro, sotto la neve, in cerca dell'animale.

Il porco aveva percorso tutta la via San Rocco e poi la discesa del rio Fontana fino alla piccola chiesa di Beorchia. Là, davanti al luogo sacro, era crollato finalmente morto. Teneva il muso rivolto alla porta come a ringraziare Dio per avergli risparmiato ulteriori sofferenze. Stava disteso in lungo, le zampe avanti, il testone infilato nella neve dalla quale emergeva il corno d'acciaio. Lo individuarono subito, non poteva che essere da quella parte.

Rostapita era preoccupato. Innanzitutto per la reputazione compromessa, poi per l'arma che lo aveva reso celebre. Temeva non trovarla, sprofondata da qualche parte nella neve o in un tombino o, peggio ancora, rovinata. Invece era là, cementata nel cranio del povero animale. Ci vollero parecchi strattoni per cavarla da quell'osso possente, duro come pietra.

«Non succederà più» disse, non senza un certo imbarazzo, il grande ammazzatore Ernesto Rostapita. Intanto, mentalmente cercava una scusa.

All'inizio decisero di trasportare il porco appeso a una stanga. Ma pesava troppo, fu giocoforza farlo a pezzi sul posto e riportarlo in loco con le gerle. Quando furono tutti di nuovo riuniti sotto la tettoia, Rostapita disse: «Cartuccia difettosa. Ne salta fuori una su mille, hanno meno polvere, oggi è toccata a noi».

Clausura stava un po' più in là. Non era lucido ma teneva il coltellaccio in mano. Lo sollevò facendolo vedere a tutti.

«Questo» disse con un ghigno «non va a polvere, non fa rumore e non sbaglia mai, bisogna tornare come una volta, ammazzare di coltello.»

2
Benedizioni

Era appena dopo Pasqua. Il vecchio prete passava per le case a impartire benedizioni. Allora usava così, si benedivano le case, ora non più. Il prete girava assieme a due chierichetti, uno con la gerla sulla schiena per infilarci le offerte, l'altro munito di secchiello e aspersorio. Visitavano il paese. Don Chino, vecchio e stanco, camminava lento. Quando era giovane, forza e prestanza ne aveva da vendere. Biondo, alto, spalle larghe, la schiena un armadio, le mani badili. Spaccava legna d'inverno, fuori dalla canonica, in canottiera. Il torso fumava, le donne lo spiavano attraverso le tendine.

«Ah, don Chino» sospiravano.

Adesso era vecchio, non stringeva più la scure. Le donne non lo spiavano, erano vecchie anche loro. Impossibilitate a fornicare, ora scrutavano il cielo.

Il prete era di quelli giusti. Un ministro del Signore in gamba, non un bigotto con l'indice puntato assetato di biasimo. Non sentenziava. Un uomo che aveva capito i suoi simili, chiudeva un occhio, tollerava, lasciava correre. Bastava non esagerare.

Un giorno, assieme al sagrestano, doveva scaricare una slitta di legna. Nevicava, bisognava fare in fretta. Ma la fretta fa danni. Per sbaglio, don Chino buttò un tronco sulle dita del sagrestano. Il sangue schizzò assieme all'unghia del pollice. L'uomo, dondolando la mano come per scrollarsi il dolore, tirò una bestemmia. Poi guardò il prete con occhio afflitto: «Mi scusi, don Chino» farfugliò.

«Fa niente» disse il prete. «Quando ci vuole ci vuole. Recita l'atto di dolore e sei a posto.»

Don Chino era così, non rompeva i coglioni ma se qualcuno esagerava, poteva usare le armi, cioè le mani.

Una volta un tizio lo affrontò con la scure. Si era messo in testa che il don se la intendesse con sua moglie. Poteva anche darsi ma non c'erano prove. Deciso a chiarire la faccenda, l'uomo roteava l'ascia, bestemmiando e minacciando il prete di morte. Don Chino lo squadrò. Finse di rabbonirlo con dolcezza per averlo a tiro. Poi fece partire un manrovescio che abbatté l'omaccio come un tronco.

«Fa giudizio» gli disse «o ti battezzo un'altra volta.»

Questo era don Chino negli anni buoni. Un uomo di polso che teneva a freno un paese di matti.

Il giorno che girava per le case a impartire benedizioni era molto lontano dai tempi della forza. Don Chino era stufo, cercava di limitare le fatiche se non proprio schivarle. Ma tutte non poteva.

Sessant'anni prima lo avevano mandato in quel paese pieno di luce e boschi chiamato con un aggettivo che significa ripido. Sul ripido, se non vuoi cadere, serve equilibrio e per muoverti devi faticare. Il paese era formato da un nucleo centrale circondato da frazioni che stavano in alto, a guardare giù come rondini dal nido.

Frazioni che si chiamavano con nomi pieni di mistero, spesso echeggianti lingue spagnole. Pineda, Prada, Saveda, Spianada. E poi Liron, Marzana, Piancuert, Bondi, Cavalle, Forcai, Le Spesse. Raggiungere a piedi queste frazioni, servite soltanto da sentieri fatti di ossa pietrose, storti e disagevoli, era impresa faticosa per tutti. Tanto più per don Chino, prete vecchio e stanco. Ma non fu il numero degli anni a fiaccarlo. Contribuirono, certo, ma non sarebbero bastati. Fu quella gente lassù a demolirlo. Tutti i giorni gli propinava amarezze, delusioni, umiliazioni e minacce. Sessant'anni tra loro avrebbero abbattuto una colonna di marmo, ma non don Chino. Era forte. Però lo avevano indebolito e ora cercava almeno la pace delle membra visto che in quei luoghi la pace dell'anima se la poteva scordare.

Allora, quando in età avanzata raggiungeva faticosamente una delle frazioni alte, cercava di risolvere in giornata le benedizioni. Annaffiava di acqua santa anche due case per volta, o tre, pur di non rifare la salita. Una volta assolto il suo compito, la gente gli versava un bicchiere di vino, dopodiché metteva le offerte nella gerla del chierichetto. Potevano essere un salame, mezza forma di formaggio, due uova, un pugno di farina o altre cose, non ultima la selvaggina. Il prete raccoglieva riconoscente e ringraziava.

In quei luoghi e a quei tempi c'era miseria, nemmeno i ministri di Dio se la passavano bene. A volte pativano la fame. D'inverno, dovevano spaccare legna che, per fortuna, i paesani regalavano di cuore. In questo modo tiravano avanti. Con l'aggiunta di qualche compenso per messe cantate, matrimoni, battesimi, cresime e prime comunioni, i preti delle terre estreme sbarcavano il lunario anche se non troppo facile.

Seppur in tarda età, don Chino assolveva ancora discretamente i suoi doveri ma, quando si trattava di benedire le case alte, il suo animo s'agitava. C'era poco da girarci attorno, occorreva faticare. Da quelle parti era tutto impervio, lo diceva il nome del paese. Le maledette frazioni alte chiacchieravano con le stelle, stavano sotto le crode come nidi di rondini sotto le grondaie. Alcune si trovavano ancora più su, isolate e solitarie appese ai picchi, arcigne come i loro padroni.

Una di queste era la dimora di Leopoldo Corona detto il Polte. Tipo acuminato e scontroso, anni sessantadue, Polte era un mangiapreti ma leale e di buon cuore. Non andava in chiesa, ma quando il ministro del Signore passava a benedire non lo cacciava. Gli permetteva fare il suo lavoro per poi dargli l'offerta. Sapeva il Polte che lassù, nelle terre anarchiche, il prete aveva vita grama e c'era poco da scherzare. Lasciava che maneggiasse aspersori e tracciasse segni di croce in modo da guadagnarsi la paga, o l'offerta diventava una triste elemosina. E Polte non umiliava nessuno. Se non veniva provocato. Se invece veniva provocato, era dura tenergli testa a parole, specie in argomenti di chiesa e preti. Teologo istintivo e mordace, stendeva tutti a volte citando santi che s'inventava lui.

Quel giorno don Chino era più stanco del solito, non se la sentiva di arrivare alla romita casa del Polte. Il quale stava come un corvo affacciato al bordo del pendio erbo-

22

so, ancora piallato e pettinato dal peso della neve appena sciolta. Il prete lo vide. E Polte vide il prete.

«Polte» urlò don Chino, «non ce la faccio ad arrivare fin lassù, porta pazienza, benedico la casa da quaggiù.»

«Non serve, reverendo, non c'è bisogno, faccia pure a meno.»

Il prete pensava all'offerta e voleva compiere il suo dovere. Ma voleva farlo da lontano.

«No Polte. Bisogna che la segni, le case van benedette, specialmente la tua.»

«Eh sì, la mia sì.»

«Ecco, bravo!»

«Allora venga a farlo.»

«Non me la sento di arrivare fin lassù, la mando da sotto, le benedizioni passano sette muri e neve e vento. Le benedizioni camminano, io no.»

«Va bene, faccia come vuole reverendo.»

Consolato da tale risposta, don Chino pronunciò le formule di rito, brandì l'aspersorio, alzò lo sguardo verso il nido del Polte, brontolò un *In nomine Patris*, bagnò l'aria e concluse il lavoro. Depose lo strumento nel secchiello, fece imbuto con le mani, affinché il Polte udisse bene e gridò: «L'offerta me la porti in canonica quando vieni in paese».

«No reverendo» rispose Polte, «gliela do subito, aspetti un attimo che arrivo.»

Con calma andò in cucina e tornò di lì a poco. Il prete era fermo che aspettava. Polte teneva qualcosa sottobraccio. Si sporse al bordo della rampa e disse: «Don Chino, lei manda benedizioni da laggiù, io mando offerte da quassù».

Sostenendo con entrambe le mani una forma di formaggio stagionato, la lanciò a tutta forza lungo il pendio verso il prete. La forma prese immediatamente velocità. A ogni gobba balzava in alto con salti da canguro e filava come un razzo. Prete e chierichetti si buttarono da parte per scansarla. La ruota di formaggio passò soffiando vento. Come una luna piena roteava puntando il muso verso il Vajont, un chilometro più in basso. Ma laggiù non arrivò. Si fermò dopo l'ultima gobba di zolle, disintegrandosi sulla faccia di una baita che incontrò sul percorso. Don Chino masticò amaro ma capì che col Polte non c'era nulla da fare.

«Disgraziato» gridò, «non cambierai mai. L'inferno sarà la tua casa.»

«Sono già all'inferno, don Chino, è sessantadue anni che vivo all'inferno.»

Intanto laggiù in fondo, i gatti, attratti dal profumo, corsero a rimpinzarsi di formaggio. Erano numerosi ma non facevano risse, da mangiare ce n'era per tutti.

3

Sacchi

Si doveva portare la roba alle malghe alte. Erano quattro: Fontana e Pian Meluzzo, Roncada e Bregolina.

Tali baite lavoravano in coppia. Da giugno a luglio si sfruttavano le prime due, poste in fondo la val Cimoliana. Agosto e settembre le altre, site più in alto, nel remoto e lucente altopiano di Bregolina. Si è lavorato al pascolo di baita fino a vent'anni fa, quando l'ultimo malgaro morì e su quelle antiche dimore calarono il silenzio e l'oblio.

Oggi, Casera Fontana, raggiungibile in auto, d'estate diventa agriturismo. D'inverno tace, guarda le nevicate e ascolta il vento.

Pian Meluzzo è un ricovero di fortuna per escursionisti sorpresi dai temporali. O amanti in cerca del nido. Se il nido è occupato, troverete un fazzoletto annodato alla maniglia esterna. A quel punto tirate dritto, gli amanti non vanno disturbati.

Casera Roncada, rimessa a nuovo, è tramutata in confortevole bivacco sorvegliato dalle alte vette delle Torri Postegae e di San Lorenzo.

La Bregolina Grande, totalmente rifatta, è un centro d'osservazione del Parco naturale Dolomiti Friulane.

Su tutto vigila, come un missile di pietra in eterna partenza, il Campanile di val Montanaja.

L'ultimo malgaro è stato Fermo Lorenzi, mitica figura di pastore che, assieme al collega Sgrinfa, resterà nella storia della Valcellina. Alto, atletico, spalle larghe, un volto da attore del cinema, Lorenzi aveva sempre fatto quel mestiere. E pure i fratelli e i vecchi delle generazioni erano stirpe di malgari. A porte chiuse e stanze imbiancate, preferivano aria aperta, pascoli, stelle e temporali sulla testa. E ore accanto al fuoco, silenziosi, in attesa dell'alba.

Non c'era verso di passare a Casera Fontana e tirare dritti. Fermo costringeva a fermare, lo diceva il nome. Dovevi entrare con le buone o con le cattive nella sua baita, mangiare o bere qualcosa. Come minimo, un bicchiere di vino. Se eri astemio peggio per te. Dovevi affrontarlo lo stesso.

Ho visto gente uscire a precipizio e vomitare sull'erba dopo aver ingollato il gotto assassino. Con Fermo non potevi dribblare, eri costretto a bere o mangiare. O entrambe le cose assieme. Altrimenti non ripartivi.

Una volta, con Mario Pfaiffer, inforcai la Lambretta per andare in val Cimoliana, a scalare il divo osannato dall'intero pianeta alpinistico: il Campanile di val Montanaja. L'amico stava sul sellino posteriore bardato di zaino e corde. Alla Fontana incrociammo Fermo.

«Alt!» disse alzando la mano.

Conoscendolo, dovevo tirare dritto. Invece ebbi la sciagurata idea di ascoltarlo. Iniziò a servirci del raboso, vino da cioche, denso come olio. Riempiva capienti scodelle rase fino all'orlo. Alla quinta lo salutammo. Cercai di riprendere la moto ma crollai faccia a terra. Anche Mario raschiò il prato col muso. Ci guardammo. «Tocca restare qui» disse. Sostammo alla casera, seguitando a scodellare raboso. Poi si dormì.

L'indomani, occhi gonfi e alito cattivo, ci avviammo alla nostra impresa. Che riuscì abbastanza bene viste le condizioni. Anche se qualche pausa fu necessaria al vomito.

Quante storie conservano, raccontano e rimandano quelle baite e i loro dintorni! Le rimembrano con nostalgia, la nostalgia della vecchiaia che avanza.

Allora, il giorno che occorreva portare la roba dalle malghe basse a quelle alte, si mossero in parecchi. Dodici uomini, scavati dall'aspra vita dei monti, si presentarono in montura da trasporto: scarpe ferrate, bastone chiodato, coperta salva spalle, e un po' di vino nel tascapane. Arrivarono alla casera, dove stavano ammucchiati una quarantina di sacchi legati con spago e coperti da teli.

Fermo era partito al chiaror dell'alba. Avrebbe atteso gli arrivi in Bregolina Grande, rimestando polente e formaggio fritto.

Operando scelte oculate per cercare quelli leggeri, i volontari issarono in spalla un sacco a testa e partirono in fila indiana. Gravati dai carichi, ci volevano almeno cinque ore per giungere alla meta. Fra gli uomini del gruppo, spiccava per chiacchiere e aspetto forzuto, un cinquantenne tarchiato, che si muoveva a scatti come fosse impaziente di sgobbare. Era spavaldo. Tastava un sacco e lo scartava reputandolo troppo leggero. Voleva portare una roba tosta, far vedere a tutti che era mulo da soma non un pivello qualunque. La sua ambizione, a differenza del mondo intero, era quella di faticare. Voleva trasportare il sacco più pesante non quello più leggero. Perciò li alzava uno per volta. Alla fine si spostò più in là, dove altri colli attendevano di esser portati via e finalmente trovò quello che faceva al caso suo. Un grosso sacco di plastica stava infilato in uno di iuta affinché non si rompesse negli spostamenti. Pesava parecchio ed era ingombrante: massima aspirazione per l'energumeno, che se lo caricò in spalla. Nel sollevarlo, non poté fare a meno di udire un tintinnio metallico. Certo, non si domandò che cosa fosse a provocarlo, non gli interessava. A lui importava dimostrare che era il più forte. E pure il più nobile d'animo. Così partì, quell'uomo forzuto, incontro alle conseguenze di una generosità esibita a scopo di gloria ma poco guidata dall'accortezza. Camminava tenendo il bavero del sacco con la mano sinistra, nella destra un bastone poggiato alla spalla per scaricare peso sul legno.

Vederlo montare le balze scardinate del San Lorenzo con le gambe stortate da remote fatiche, e quell'enorme botolo dondolante sulla schiena, comunicava l'idea di un patimento da girone infernale. Un Sisifo senza tempo alle soglie del terzo millennio. Lui cercava il patimento, la fatica, il sudore della fronte spremuto all'ultima goccia. Vi sono uomini predisposti più di altri a infliggersi penitenze come se avessero chissà quali colpe da espiare. Animi generosi e altruisti che non evitano le difficoltà e tantomeno fanno i furbi, proprio perché non lo sono. Lui stava tra questi. Era un buono ma esibizionista e ingenuo, miscela pericolosa al vivere quotidiano. Jorge Luis Borges diceva che la bontà da sola può fare danno se non suffragata dall'intelligenza.

L'uomo e il suo fardello attraversarono l'intricatissimo ghiaione del San Lorenzo, passando davanti a un folto gruppo di boy scout accampati nel bosco vicino. I ragazzi si offrirono di dare una mano, ma l'uomo li scrollò via. Diamine! Voleva faticare lui. Che senso aveva altrimenti pigliare il sacco più grande? Così, passo su passo, l'improvvisato Sisifo guadagnava lentamente quota.

L'estate brillava nel pieno rigoglio, i vertici dei boschi dondolavano sotto la spinta dell'aria bollente. I fiori di Pian Meluzzo, spossati dalla calura, avevano mestamente chinato la testa. Dai piani di Roncada, cavalcando il soffio rovente di luglio, giungevano a fondovalle i rintocchi dei campanacci affievoliti dalla distanza e dal vuoto di quelle remote lontananze. Camosci e caprioli evitavano le vampe dirette stesi all'ombra di spesse mantelle di foglie. Le pance ben aderenti alla terra per trovare un po' di frescura, aspettavano pacifici l'ombra della sera.

Api operaie ronzavano nervose accanto all'uomo che saliva lentamente sotto il fardello. Pareva lo volessero scortare. O aiutare. Invece cercavano fiori, ma, incrociandolo, gli facevano la ronda incuriosite da quello strano animale.

Era il tempo dei pastori, dei profumi intensi dell'estate, del lento lavoro di malgari taciturni, alle prese con l'eterna solitudine di baite assolate, sprofondate nel grande silenzio del mezzodì.

Allora nemmeno s'immaginava che di lì a pochi anni quel mondo sarebbe stato spazzato via, scomparso senza lasciare traccia. Di quella vita non esiste neppure una breve memoria. Salvo qualche brace di ricordo nella testa di chi quel mondo conobbe e frequentò.

L'uomo forzuto, lasciatosi alle spalle il San Lorenzo, montava le rampe del Monferrara, ostico sentiero che mena alla Bregolina Grande. Ogni tanto si concedeva pause appoggiando il sacco a qualche cocuzzolo o su ceppaie ben piantate nel terreno per poterlo poi caricare facilmente. Tirava un sorso di vino dalla borraccia, e via di nuovo col peso di traverso che ogni tanto lo faceva sbandare.

Dài e dài, erta su erta, tornante dopo tornante, l'eroe senza tempo che amava la fatica, specie quella inutile, arrivò all'agognata Casera Bregolina. Non prima di aver transitato davanti la baita Roncada, dove i colleghi avevano sostato per un ristoro. Lo invitarono a fermarsi ma, imperterrito, egli tirò dritto. Voleva dimostrare, senza che nessuno glielo avesse chiesto, che era pure resistente, oltre che forte. Alla fine, stremato dal peso, spompato dal sole di luglio, depositò il carico nel prato all'angolo della casera dove era designato il punto di raccolta.

Nel frattempo arrivarono quelli di Roncada, molto più veloci, e si radunarono assieme agli altri. Prima di mangiare un boccone, Fermo fece disfare i colli e sistemare la merce trasportata.

Dai carichi saltò fuori di tutto: zangole, mastelle per il latte, colini, secchi, pale, picconi senza manico, stoviglie, sgabelli. Saltò fuori quel che serve a condurre una malga di settanta vacche.

Quando toccò aprire il fardello del forzuto, Fermo stava

sull'attenti, curioso di sapere cosa nascondesse quel sacco grosso e strano, fatto di cellophane e juta. A seconda del contenuto, avrebbe poi sistemato la roba nei posti adatti. Il portatore dell'impossibile, dopo aver ripreso fiato, si mise a sciogliere i legacci. Tolto lo spago, rovesciò il contenuto sul prato raspato dalle vacche. Saltarono fuori, tintinnando, cose interessanti che però nulla avevano a che fare con l'attrezzatura malghesca. Bottiglioni e fiaschi vuoti, grossi vasi di latta un tempo contenenti filetti di sgombro, anch'essi ripuliti del contenuto. Bottiglie di birra rigorosamente scolate, ossa lucide di braciole. I resti di una tenda bruciata, alcuni cerchi di stufa in ghisa, scatolame vuoto in cui una volta c'era stato il ben di dio, taniche da cinque litri di olio d'oliva, schiacciate per pigliare meno posto. E, ancora, lattine di birra, Coca-Cola, Fanta, chinotto. Persino calzettoni bruciacchiati, forse nell'incendio della tenda. Insomma, un sacco pieno di cose vuote. Gli scout stavano per partire e avevano messo i sacchi di smaltimento accanto a quelli del malgaro. Il volonteroso volontario, ahilui, brancò proprio uno di quelli. I portatori lo sapevano ma lasciarono facesse a modo suo, visto che era così spavaldo.

In montagna le lezioni si danno tacendo.

Fermo chiuse gli occhi per un po'. Quando li riaprì parlò sibilando: «Rimetti tutto dentro e porta giù di corsa prima che sia tardi, immondizie ne ho abbastanza».

L'eroico portatore farfugliò qualcosa ma il malgaro, afferrato il manico di un badile, vi appoggiò le mani incrociate sul mento senza proferir parola. Allora, il portatore dell'inutile rifece il sacco infilandoci di nuovo la porcheria che aveva issato. Dopo aver bevuto lunghi sorsi alla fontana, se lo caricò in schiena e partì bofonchiando.

Fermo gli lanciò alle spalle alcune parole: «Bada non nasconderle in qualche foiba, mi informo se le hai portate a valle. Fare il furbo non conviene».

L'uomo dalla forza bruta e male indirizzata riportò le immondizie al punto di partenza attirando lo sguardo incuriosito degli scout. Non capivano perché, dopo una intera giornata, lo stesso individuo transitasse in senso contrario davanti a loro col medesimo fardello.

4

Espedienti

Maurizio Protti, detto Icio, vive di espedienti. Non è cialtrone né imbroglione, semplicemente non ha soldi. E nemmeno trova lavoro. Ha cinquantadue anni, robusto, piuttosto alto. Qualche anno fa era padrone di una fortuna, dilapidata in fretta per non doverla gestire.

Esercitando il mestiere di esistere, può accadere di trovarsi all'improvviso sul lastrico. "Dalle stelle alle stalle", si dice. Per finire nel pantano il passo è breve, tornare tra gli astri è difficile.

A Icio è capitato il patatrac. Amici vicini al suo mondo lo avevano previsto e non ci voleva gran fantasia: se togli fieno dal fienile e non ne metti dentro, a un certo punto finisce. E la mucca crepa di fame.

Il fieno di Icio è terminato dopo la morte della mamma.

Icio è stato capace di cacciarsi dentro un fallimento in una maniera che ha in sé qualcosa di kafkiano. Nemmeno con la dinamite avrebbe potuto smantellare il suo albergo, il mitico Duranno, in così poco tempo.

Ha poi cercato di arrangiarsi per un periodo con lavori

disparati e disperati. Saltuari, come saltuaria, cioè fatta di salti, è la sua esistenza.

Ma a un certo punto si è trovato solo, senza casa, senza soldi e nessuno che gli tendesse la mano. I cuori del terzo millennio non sono induriti per crisi di portafoglio, ma per mancanza d'amore e generosità. Niente donazioni da chicchessia. Ognuno si tiene il suo e chi ha di più piange meno.

Icio ha avuto l'infarto, non trova lavoro consono all'infermità che lo ha colpito. Non gode nemmeno di una pensione o un minimo di sussidio da miseria.

È così che si è visto costretto a vivere di espedienti. Non ha l'istinto del furto o della rapina. È un uomo onesto, mira a un racimolo leale. Forse ha capito che se avesse rubato lo avrebbero beccato subito.

C'è da dire che non sempre gli espedienti sono simpatici. Ma di fronte a malefatte legalizzate, furti politici di ogni tipo, rapine alle banche perpetrate dagli stessi banchieri per i quali l'allarme non suona mai, le sue trovate di sopravvivenza oltre che geniali sono quasi poetiche. Sempre impostate a raggranellare qualche soldo e tirare avanti.

Qui di seguito, tanto per capire le risorse fantastiche di Icio, se ne descrivono alcune. Non tutte: per raccontarle servirebbe un volume di mezzo metro cubo e non è il caso. E allora cominciamo da alcune.

Un giorno che avevo da fare, consegnai a Icio una banconota, ché andasse al vicino bar Julia a farmi una ricarica da cinquanta euro per il cellulare. Da quando l'ho adottato a fratello minore, l'amico mi fa da segretario, autista, aiuto di bottega. Quando bevo, anche da "raccatta uomo". Tante volte il caro Icio (l'aggettivo non è ironico) mi ha raccolto nelle osterie, piegato in due, afferrato come una valigia e caricato in macchina.

Una notte, a Udine, mi ha forse salvato la vita. Dico forse giacché, se proclamo certezza, dovrei essergli riconoscente a vita e lui ne approfitterebbe. Non bisogna mai sbilanciarsi troppo con lui.

Insomma, gli diedi questi cinquanta euro ché andasse a farmi sta ricarica.

Il bar Julia dista dalla mia tana sì e no trenta metri. In virtù del percorso breve, non ci mise molto, ma quando tornò era piuttosto avvilito. Si grattava il testone guardando per terra.

«Devo dirti una roba» farfugliò.

«Coraggio, che è successo?»

«Scusa.»

«Scusa che?»

«Mi sono sbagliato, soprappensiero ho dato il mio numero al posto del tuo.»

Per tirarla breve, s'era fatto la ricarica al suo cellulare anziché al mio. Ecco, questo è un classico espediente prottiano. Ma ce ne sono altri.

Tempo fa si presentò al bar Stella con un paio di scarpe scucite, aperte come bocche ridenti.

«Icio! Accidenti, non hai qualcosa di decente da mettere?» dissi.

«No» rispose con aria rassegnata ma non triste.

«Andiamo alla tana» brontolai.

Giunti in quel buco pieno di cianfrusaglie, pomposamente chiamato studio, sfilai dal becco di un gufo di legno portasoldi duecento euro e glieli consegnai.

«Vai a prenderti un paio di scarpe come si deve.»

«Grazie» rispose.

(Icio, perlomeno, possiede il raro dono del grazie.)

L'indomani si palesò calzando dei mocassini marroni nuovi di zecca.

«Costano parecchio» disse, «ma ti do il resto.»

«Niente resto, tieni là, bevi qualcosa.»

Trascorsero un paio di mesi.

(Icio è supersfigato o non sarebbe finito sul lastrico, anzi, sotto il lastrico, com'è finito.)

Un pomeriggio che eravamo al bar Stella a bere il caffè, entrò un tizio sui quaranta, alto, vestito bene. Il tipico uomo che gode buona salute e buona posizione. Vide Icio in piedi al banco e subito lo salutò con calore. Poi, chiedendogli come stava, lo squadrò da capo a piedi, come si fa con chi non si vede da tempo. Il suo sguardo si fermò sulle scarpe ed esclamò: «Cavolo! Ti vanno giuste, ti stanno perfette, sono proprio contento. E l'altra roba? Ti va bene l'altra roba?».

Guardai Icio. Con l'indice stava facendo segni al tizio di tacere ma ormai era tardi.

«Come, come?» intervenni parlando al tipo. «Spiegami questa faccenda delle scarpe.»

Alla fine saltò fuori la verità. Il nuovo venuto, lontano parente di Icio, che vive sul lago di Bracciano, mosso a pietà dalla situazione del congiunto, mesi prima gli aveva portato della roba da vestire, compresi dei mocassini nuovi di zecca. Fiutato il colpo, Icio si era fatto prestare dal comune amico Silvio un paio di scarpe sfondate e aveva recitato la scena. Vistosi scoperto non seppe dire nulla, né io pretesi risposte, e nemmeno chiesi cosa avesse fatto dei soldi.

L'espediente che segue è più cattivo.

Dopo il crac finanziario, per un periodo Icio si ritrovò a fare il pastore. Per questo motivo, una signora della Pordenone bene gli chiese se poteva lasciargli in consegna il pony della figlia che si era trasferita a Londra per studiare. Doveva accudirlo per un anno. In città è difficile avere stalla, fieno e accessori atti alla bisogna.

Icio accettò di buon grado, convinto dal consistente anticipo e dalla certezza di uno stipendio. Per dieci mesi, al ventisette come ogni lavoratore che si rispetti, si è recato a Pordenone a intascare il denaro della signora per mantenere il cavallino.

Il problema sorse quando la donna andò a visitare il pony. Icio l'aveva venduto a una coppia di turisti la settimana dopo averlo ricevuto in consegna. Apriti cielo! Minaccia di querele, vendette, sfilze d'insulti. Ma la cosa finì lì perché non poteva che finire lì.

Icio è nullatenente, come si fa a pignorargli la stufa, una stanza vuota, il letto o i mocassini del parente romano?

Una volta andai a Udine a tenere una conferenza sul ritorno dell'uomo alla terra. Non in forma di morto, ma di contadino.

Partimmo come al solito Icio e io, Sancho Panza e Don Chisciotte, Fabio e Mingo, o meglio, autista e passeggero.

Siccome ci spostiamo spesso lungo il suolo patrio, onde agevolare i viaggi mi sono munito di Telepass, per non perdere tempo ai caselli. Chiaramente la scatolina la tiene lui, è lui che guida la mia auto, visto che la mia patente è ritirata a vita.

Arrivati a Udine, Icio mi informò che in periferia c'era un supermercato dove vendevano alimentari a prezzi così bassi da non credere.

«Bisogna far la fila» disse, «ma è peccato non approfittarne.»

Allora gli diedi cento euro ché andasse a far la fila. Tanto io ero impegnato, tra l'organizzazione e la conferenza mi ci vollero quattro ore buone. Rividi Icio a tarda sera, nel ristorante dove ci avevano prenotato la cena. Era tranquillo. Almeno pareva. Gli chiesi se aveva fatto scorta. Rispose di sì, che aveva riempito il bagagliaio. Tornammo a casa e tutto finì lì.

Dopo tre mesi, o due, dalla banca mi arrivò l'estratto conto dei passaggi fatti ai caselli delle autostrade. Mi accorsi che riportava un'uscita a Villesse, dalle parti di Gorizia. Non ricordavo tale viaggio. A quei tempi bevevo parecchio e i dubbi su ciò che combinavo erano tanti. Allora chiamai Icio chiedendogli conto di un'uscita a Villesse che non mi risultava. A quel punto se la giocò tutta.

«Come non ricordi? Siamo andati a Gradisca d'Isonzo.»

Non ricordavo.

Lui insisteva: «Gradisca, ti dico!».

Ora è vero che in quel periodo tracannavo, ma da lì a non rammentare un viaggio così lungo ce ne passa. Gradisca d'Isonzo proprio non mi tornava, perciò lo misi alle strette.

«Fuori la verità, bimbo.»

La verità venne fuori. Era partito lasciandomi in balia della serata per andare a giocarsi i cento euro al casinò di Nova Gorica. E li aveva persi tutti! Come sempre. Non mi era neanche passato per la testa di fargli aprire il bagagliaio e controllare se c'era la merce, una volta che era riapparso. Anche se ci avessi pensato, non lo avrei fatto. Un minimo di rispetto ci vuole.

Più volte mi ha fregato scuotendomi l'anima appellandosi ai morsi della fame. Un giorno mi chiese cento euro per riempire il frigo paurosamente vuoto.

«Te li torno appena posso» farfugliò.

Sapeva che mai avrebbe potuto rendermeli, a meno che non avesse scoperto un gratta e vinci milionario. Con i cento euro in tasca, si eclissò e non rispose più al telefono fino all'indomani. Io chiamavo, lui taceva. Accidenti sarà morto? Non era morto. Lo vidi il giorno dopo, verso mezzodì.

«Bentornato» dissi. «Paga almeno il caffè visto che sei scomparso in silenzio.»

«Non ho una lira» rispose candidamente.

«Cosa hai fatto?»

La risposta fu disarmante, di brevità cecoviana.

«Venti benzina, quaranta l'albergo, quaranta la puttana.»

Era andato a Udine a cercare una di quelle.

«Ho diritto anch'io, ogni tanto» concluse.

Questo è Icio.

Ho perso il conto dei suoi trucchi a fini di salvamento. Sarebbe noioso elencarli. Ci casco ogni volta perché sono opere d'arte. E a me piace collezionare opere d'arte.

L'ultima l'ha creata questo inverno freddo e senza neve. Inverno 2011-12.

Venne una mattina nella mia tana a dirmi che gli era entrato un gatto in casa e non voleva più uscire.

«Tienilo» dissi, «ti farà compagnia.»

«Cosa gli do da mangiare?»

«Quello che avanzi.»

(Dimenticavo: Icio non avanza nulla.)

Se ne stette buono qualche giorno poi tornò a rivelarmi che si trattava di una gattina "tigrata". Poi, con fare disarmante, rivelò che era incinta.

«Ha una pancia così» disse, mimando con le mani le dimensioni di un melone. A quel punto serviva aiuto, la micia aveva bisogno di cibo speciale. Iniziai a dargli qualche soldo per comprare robe buone alla futura mamma.

La cosa andò avanti per un paio di mesi, poi iniziai a chiedere a Icio se erano nati i gattini.

«Non ancora» rispondeva serafico.

Intanto voleva qualche euro per crocchette, specialità raffinate indispensabili a gravidanze feline e scatolame vario.

Mi scappò l'ingenuità di raccomandargli un micino per me non appena fossero stati svezzati.

«Il più bello è tuo» rispose.

Passavano i giorni. Ogni tanto chiedevo notizie del lieto evento.

«Ancora niente» rispondeva.

Alla fine del terzo mese, presi il telefono e domandai a Luca Lombardini, un parente di Trento, esperto veterinario di gatti, quanto durava una gestazione.

«Sessanta giorni» rispose.

La mattina dopo mi recai da Icio a tastare la pancia piena di gattini della micia. La gatta stava sul letto, beatamente appisolata.

«Forse li fa oggi» disse rimestando un dieci litri di sbobba fatta di pasta, würstel, verdure, e altri ingredienti misteriosi. Si stava preparando il pranzo.

Mi avvicinai alla bestiola, la girai pian piano aprendole le zampe posteriori. A quel punto fecero capolino due noccioline tonde tonde, rivelanti attributi inequivocabili. Era un maschio.

«Mi hai preso per il culo!» sbottai.

«Per il culo niente» disse Icio. «Che ne sapevo io, non sono mica veterinario. Aveva la pancia gonfia, pensavo fosse incinta!»

Questo è Icio, volenti o nolenti è fatto così, o lo si tiene o lo si molla.

L'ultima l'ha combinata a Cimolais nel bar La Rosa. È riuscito a farsi prestare cinquanta euro da un povero marocchino, evidentemente meno in bolletta di lui. Quando si dice la potenza dell'espediente! Nessuno sa che scuse abbia accampato, sta di fatto che il vu cumprà gli ha dato i soldi con la speranza di riaverli. E li ha riavuti! Icio riconosce dove non si può e non si deve profittare. Sa distinguere chi ha e chi non ha. Così cominciò a mettere da parte quel poco che riusciva a raggranellare con gli espedienti. E alla fine, raggiunta la cifra, aspettò che il marocchino tornasse in paese per uno dei suoi giri e quando lo incontrò gli mise i soldi in mano.

5

America

All'inizio degli anni Ottanta, feci un salto in America. Allora pareva, e pare ancora oggi, che se uno non si reca almeno una volta in America, in India, a Londra o a Parigi è un povero diavolo. A cercare cosa non si sa, ma bisogna andare in quei posti. Forse per fuggire dagli spettri, ai quali però si dovrà inesorabilmente fare ritorno.

Onde evitare una rinuncia che avrebbe lasciato strascichi di campanilismo che anni dopo si sarebbero potuti definire dal sapore leghista, alla fine di un triste inverno, decisi che era venuto momento di varcare l'Atlantico. A fare che? A rampicare, naturalmente. Gli alpinisti mica vanno all'estero a spassarsela, mangiare e bere, visitare musei, gallerie d'arte o bordelli. No, no. Niente di tutto questo. Gli alpinisti vanno fuori casa per rompersi i coglioni, star male, rischiare la pelle, soffrire, patire freddo, sete e faticare. Rotture di palle che potrebbero benissimo ottenere a casa loro. Nel caso fossero coniugati, anche qualcuna in più.

A quell'epoca i rocciatori italiani visitavano l'America, specialmente la California, perché lì era nato e si era espresso ai massimi livelli il culto dell'arrampicata libera.

Nella cara vecchia patria si saliva ancora con scarponi e braghe alla zuava, scalette di corda e paura. E da lì non si usciva. Anzi, chi osava pensare avanti veniva visto come un devastatore del sacro tempio.

Laggiù nell'Ovest, invece, ragazzini in pedule di gomma facevano cose da noi neppure azzardate nei sogni. Salvo un'eccezione: Manolo. Quello intuiva le realtà possibili vent'anni prima degli altri e, mago dei maghi, le concretava subito. Da lui ci separava una verità ineluttabile: andava tre gradi più di tutti noi messi assieme e vedeva lontano.

Un giorno che ci sentivamo splendidamente in forma (parecchi bicchieri di vino fanno sentire sempre in ottima forma) decidemmo, Manolo e io, che a marzo saremmo partiti per l'America. Destinazione California, Parco nazionale di Yosemite. In quel paradiso terrestre, affollato di gente e ranger rompiballe, svettano i mille metri di granito verticale del monte El Capitan. Era lungo quei muri lisci e sconosciuti che volevamo mettere le mani. Su di là, correvano le vie più difficili del mondo, non potevamo tirarci indietro.

Partimmo ai primi giorni del mese. Sfiga di stagione, a Yosemite nevicava. Più in su c'era la Sierra Nevada, si vedevano auto andare e venire con sci sul tettuccio. Ebbi l'impressione che gli americani non lavorassero mai e che, beati loro, unico impegno fosse divertirsi. Per quel viaggio invece, io mi dissanguai. Racimolai duemila dollari, un dollaro d'allora valeva circa mille lire. Metà servirono al viaggio, andata e ritorno, il resto a nutrirci di insalate e yogurt, roba da vomitare per il resto dei nostri giorni.

Partii con sensi di colpa. Lasciavo a casa dei bambini

piccoli, soldi a quel tempo ne avevo pochi e non facevo lo scribacchino.

Appena sbarcati a San Francisco, dodici ore di volo da Francoforte, ci trovammo sperduti, naufraghi in un mondo caotico e sconosciuto. Si era aggiunto a noi Hanspeter Eisendle di Vipiteno, rocciatore formidabile col volto di folletto, guida alpina e maestro di sci.

La prima cosa che notai a Frisco furono enormi insegne con scritto AVIS. "Cazzo" pensai, "c'è l'AVIS anche qui, si può donare sangue!" Invece era la società che noleggia auto ai turisti, anche a quelli sprovveduti come noi.

Dopo numerosi farfugliamenti, cercando di parlare una lingua sconosciuta, riuscimmo a impadronirci di una Pontiac 6000 il cui pieno di benzina costava appena tredici dollari. Con quell'astronave fuori misura, decollammo verso Yosemite, meta della nostra avventura, distante circa trecento chilometri.

Non è il caso di elencare le scalate portate a termine in quaranta giorni di permanenza in quella splendida e superfrequentata valle. Basta e avanza la vanità di rivelare che pure un ertano, cresciuto tra boschi solitari e ripidi, ha visto l'America e rampicato sulle rocce del Capitan.

Apro una parentesi. Gli americani non mi piacciono: lanciano bombe dappertutto, anche se a volte a fin di bene, sono spocchiosi e i ranger danno un sacco di multe e mi producono un certo fastidio, sono troppo zelanti. Chiusa parentesi.

Giungemmo al famoso parco che era notte fonda. Neviscolava, quindi cercammo di montare la tenda. In giro non bazzicava anima viva. Ma i delatori esistevano e avvertirono i ranger. Non facemmo in tempo a rintanarci nel sacco a pelo che ne apparve uno a cavallo. Senza sentir ragione ordinò di smantellare la tenda in tre secondi. Fu difficile capire tanta spocchia ma ubbidimmo. Questo tizio ci fece passare da un ufficio dove rimanemmo solo pochi minuti per poi tornare a rizzare di nuovo la tenda nello stesso punto di prima. C'era da dirgli qualcosa, ma lì è meglio non dire niente.

Un'altra volta, alle tre di notte, ci svegliò una rangeressa anche lei sul cavallo. Laggiù amano far le robe a cavallo, forse anche l'amore fanno a cavallo. Manolo e io dormivamo nella Pontiac, comoda e lunga come un salotto. La virago puntò una torcia sul finestrino gridando come avesse bloccato due spietati killer. Ci alzammo a capire cosa volesse. Alla fine di un'animata discussione, fu chiaro. Avevamo parcheggiato la Pontiac un poco obliqua rispetto alle righe bianche sull'asfalto. La rangéra ci svegliò in piena notte per farcela posizionare dritta. Manolo mise in moto e la drizzò. Io volevo raddrizzare la schiena alla rangéra ma frenai l'impulso: i poliziotti laggiù non scherzano, menano. Allora la guardai e provai una pena infinita. Per il cavallo, chiaramente. Quante multe da dieci dollari e quante umiliazioni mi son beccato in quell'America democratica e tollerante!

A ogni verbale, pensavo ai nostri emigranti che molti anni fa si recavano da quei rompicoglioni a cercar fortuna, stipati su bastimenti alla stregua di animali. Cantavano: «Mamma mia dammi cento lire che in America voglio andar». Se avessero saputo! E poi, una volta lì, dovevano rimanere in quarantena, come appestati.

Nei giorni successivi decidemmo di spostarci da Yosemite al Parco di Joshua Tree, nel deserto californiano del Mojave, dove si innalzano rocce spaccate dal sole di aspetto lunare. Ci aveva raggiunto, intanto, Gianni Pozzo, un amico pompiere di Spilimbergo. Durante il viaggio, a pomeriggio inoltrato, fermammo l'astronave a bordo strada per mangiare un boccone. Era un'auto speciale. Un'auto supertecnica, supergrande, supersicura. Un'auto che aveva cervello e un certo cinismo. Ad esempio: senza previo innesto delle cinghie di sicurezza non andava in moto nemmeno a far miracoli.

Mangiata la solita insalata con yogurt e pane raffermo, decidemmo di ripartire. Il pilota era Manolo e Hanspeter gli dava il cambio. Quando il mago girò la chiavetta l'astronave rimase muta. Prova... riprova... niente, il motore stava zitto, segni di vita zero.

«Qualcuno non ha agganciato le cinghie» disse il pilota.

Controllammo. Erano innestate.

Aprimmo il cofano del motore: controlla, tocca qua, spia là. Era come guardare il ventre di una centrale atomica. Un motore enorme, misterioso e ottuso ghignava sfidandoci a farlo partire.

«Proviamo a spinta» dissi.

Ci mettemmo ai montanti dei finestrini. Fu come muovere una montagna. Non appena il mago lasciava la frizione, sbattevamo il muso per terra. Frenate a impatto e niente da fare. Ci guardammo desolati. Benzina ne avevamo a iosa. Credendo che il deserto fosse come quello dei film western, avevamo riempito tre taniche. Non sapevamo che ogni quindici miglia c'è un distributore con bar e sala divertimenti. Puri e ingenui, stavamo lì, piantati in mezzo all'asfalto, circondati da sabbia e cielo, pensando a come uscirne.

Finalmente passò uno di quei camioncini detti pick-up. Lo fermammo. Un tizio col cappello da cowboy ci fece capire che da lì a due miglia c'era un distributore.

«Che culo!» esclamammo. Non potemmo nemmeno ringraziarlo, non ci lasciò il tempo. Era già sparito.

Allora via, con gambe e mani.

Ci mettemmo di buona lena tutti e quattro a spingere l'astronave verso il punto d'assistenza. Cinquecento metri e pausa, cinquecento metri e pausa. Il sole del deserto ci arrostiva la nuca anche se era aprile. Finalmente, tra l'aria tremolante della calura e l'asfalto torrido, scorgemmo l'agognato distributore. Spiegammo al gestore il nostro problema. L'uomo, anche lui col cappello da cowboy, s'infilò nell'abitacolo, girò la chiavetta, osservò il quadrante e scese. Fece un giro attorno al mezzo, aprì il bagagliaio e lo richiuse. Poi ci guardò ridendo a fior di labbra. Disse di provare ad accendere. Manolo entrò, girò la chiavetta e il motore partì rombando. Il tipo rise più forte. Quelle macchine lì non vanno in moto se tutto non è a posto. Il bagagliaio era chiuso male e il motore non partiva. Ci scrutammo senza parlare.

"Anche le macchine rompono i coglioni in America" pensai.

Entrai nel baracchino a farmi un paio di birre. Le ottenni senza farfugliare l'inglese, che non lo so, semplicemente segnandole col dito. Da lì in avanti con gli yankee parlai ertano, almeno eravamo pari: non ci si capiva.

Dopo qualche tempo imparammo i segreti della Pontiac, ma la nostra dabbenaggine le permise di giocarci un ultimo tiro.

Quando tornammo a San Francisco a pigliar l'aereo per rientrare a casa, c'era da consegnare l'auto all'AVIS. Così malmessa e impolverata non si poteva. Perciò decidemmo di farla lavare e sistemare per bene. Il tutto, venti dollari. Bella, lucida fuori e pulita dentro, la riportammo in sede. Entrammo in ufficio con le chiavi in mano. Dentro, affondato in una poltrona, stava un omaccio che pareva un tir: la pancia una botte e il solito cappello da cowboy. Bofonchiò qualcosa poi notò le chiavi.

Fece segno di lasciarle sulla scrivania, dove lui con gesto lento aveva appoggiato i piedi. Da quel momento non mosse più ciglio. Non si degnò neppure di uscire a vedere se c'era o meno l'automobile. "Che coglione!" pensai. Ma i coglioni eravamo noi.

All'imbarco mancavano alcune ore ed era mezzanotte. Per ingannare il tempo, Manolo e io ci concedemmo un gelato. Appena inghiottito arrivò il pentimento: temevamo ci facesse ingrassare. Anche se, guardando l'amico, sotto la pelle del viso intravedevo il teschio. Altro che ingrassare!

«Bisogna smaltire» disse Manolo.

«Dove?»

In aeroporto c'erano parcheggi enormi che s'alzavano a spirale per cento e più metri.

«Su di là» disse il mago, segnandone uno.

Partimmo. Per un'ora buona, andammo su e giù da quell'orrendo budello a spirale, in mezzo ai gas di scarico di centinaia d'auto che salivano e scendevano.

Alla fine ragionai. Dissi: «Io sono di Erto, paese inca-strato tra boschi e torrenti. Ce n'è tre di torrenti, e boschi a non finire, e dove finiscono i boschi, montagne dapper-tutto. Che ci faccio qui, a San Francisco, in piena notte, a correre su e giù per un parcheggio aereo?».

Presi paura, ma per davvero. Quella era follia. Mi tro-vavo dentro a spirali di follia e cemento. Smisi di botto e scesi a bere una cinquina di birre. Così finì la trasferta ne-gli Usa che, oltre a vari inciampi, ci regalò parecchie sod-disfazioni.

Manolo fece vedere agli americani spocchiosi che anche in Italia c'era gente che sapeva giocarsi la vita sulla pun-ta delle dita. Arrampicò un centinaio di vie, più una che nessuno al mondo era mai riuscito ad affrontare senza far-si prima calare una corda dall'alto per sicurezza. Durante l'impresa, attorno ci fu silenzio. Nella zona pascolavano climber spacconi e chiassosi, spesso arroganti e maleduca-ti, ma quando videro l'italiano partire senza l'ausilio del-la corda calata da sopra ammutolirono. Io facevo sicura all'amico e non osai seguirlo con lo sguardo. Temevo ve-derlo staccarsi dalla roccia e piombare a terra sui blocchi di granito grandi come furgoni.

A ogni modo l'avventura americana finì e venne tempo di tornare tra le mura domestiche e le montagne dell'in-fanzia. Avevo voglia di rivedere il mio paese, le sue viuz-ze strette, i suoi tetti sgangherati. E i figli, gli amici. E pure i vecchi genitori anche se il nostro rapporto non era faci-le. Insomma, dopo quaranta giorni di assenza volevo ab-bracciare gli affetti, essere abbracciato. Così quella mat-tina m'imbarcai all'aeroporto di San Francisco e rientrai.

L'ultima sorpresa, di quelle che stendono gli illusi, mi colpì sulla porta di casa, al paesello. Arrivai che era Venerdì Santo, tre di notte. Bussai. Aprì la consorte insonnolita e mugugnante. Anziché salutarmi o dirmi ben tornato, o almeno un ciao, farfugliò: «Non funziona il bruciatore».

La Via Crucis ricominciava.

6

Girarrosto speciale

Un caro amico, dieci anni più vecchio di me, da tempo nel regno delle ombre, aveva studiato, via posta, alla Scuola Radio Elettra di Torino. Tale sforzo non fece di lui un genio, però era riuscito, tra le altre cose, ad assemblare un apparecchio radio tutto suo con i pezzi che la scuola gli spediva dalla città. Faceva qualche impianto elettrico, non proprio a norma, ma sicuro quel tanto che le case non andassero a fuoco. Cambiava lampadine senza l'uso della sedia perché era alto, e si vantava di aver preso tante scosse, tutte senza conseguenze, solo perché era magro. L'arte appresa via posta non gli permise di guadagnare abbastanza per campare perciò ripiegò sul lavoro del carpentiere, relegando a livello di hobby gli oggetti messi in vita dalla corrente elettrica.

Erano gli anni Sessanta quando imparava, a suon di francobolli e buste, il mestiere di elettricista. Professione alquanto rischiosa giacché maneggia una forza che, come il futuro, non si vede se non quando arriva. E quando arriva è tardi per evitarla.

Intorno agli anni Ottanta, il mio amico s'era messo a bere.

Diceva per causa di una donna ma beveva anche prima, senza donne, seppur in misura più moderata.

Io e un gruppetto di amici avevamo preso l'abitudine di andare ogni tanto da lui a farci uno spiedo annaffiato da fiaschi di vino. Quando non era lepre era coniglio o capretto, oppure agnello o semplicemente qualche pollo. Preparato un gran braciere di carboni, ottenuti con legno di carpino, s'infilava la carne in un'asta di ferro posta su due forcelle e, a turno, la facevamo andare girando la manovella. Una volta brasata come Dio comanda, si mangiava e si beveva all'aperto chiacchierando fino a notte fonda. Soprattutto si beveva. Ho la certezza che il cibo fosse un pretesto per dar la stura a libagioni di ogni sorta terminanti in sbronze colossali. Ciascuno portava quel che poteva, dal vino alle carni. L'amico elettricista, oltre che all'impegno di organizzare, offriva la casa, il cortile e il braciere. Quando facevamo questi ormai dimenticati convivi, venivano a trovarci degli ospiti graditi. Si trattava di Papo e Brina, i setter di Berto, vecchio bracconiere furbo e scaltro come i suoi cani. Tutti e tre campavano usando i sensi. Tutti e tre sapevano quando tirava aria di festini: due sentivano il profumo di arrosto, l'altro udiva le voci. Abitavano a un tiro di schioppo, non era difficile. Quando vedeva il fumo e udiva le voci, Berto liberava i cani che venivano di corsa a prendersi gli avanzi. Poi arrivava lui a sottrarci caraffe di vino come se bevesse a cottimo. Era un modo per stare in compagnia, liberarci dai problemi, mezza giornata di bagordi, a volte la notte intera. Oggi non si fanno più questi incontri, le grigliate sono strettamente personali, al massimo famigliari, né ospiti vi possono accedere se non contengono lo stesso dna. Nessuno è invitato, ognuno se la piange e se la ride per conto suo. A quei tempi invece funzionava diverso, ci si trovava in case d'altri, a sentire storie, raccontarne, nutrirsi alla stessa mensa, abbeverarsi con qualche bottiglia, alleviare le pene di una vita in bilico sul vuoto. Il Vajont era ancora vivo davanti agli occhi e lo sarà per sempre.

Un giorno, durante uno di questi convivi all'aria aperta, toccava al nostro elettricista girare la manovella dello spiedo. Arrostivamo un agnello regalatoci da Giancarlo dal Molin, mitico pastore di pecore, nativo di Canal San Bovo, tuttora in attività. Era la fine di un settembre pieno di sole, sotto la casa del nostro amico i contadini avevano falciato l'erba dorch, il secondo taglio della stagione. Le ghiandaie facevano versi, sui pini cigolavano i fringuelli, upupe col ciuffo ritto montavano la guardia, intorno ronzavano api. Tutto pareva lontano dall'inverno. Invece il generale dal cuore ghiacciato era là intorno. Spiava la valle dai costoni del Borgà, pronto a riempirla di neve e gelo. Gli inverni pesavano meno, allora. L'anima reggeva le nevicate come i tetti delle case o i rami dei carpini. Ora gli anni passati hanno minato i tetti, spezzato i rami e l'anima piega le spalle all'arrivo della stagione fredda. Degli amici che rallegravano i convivi non c'è più nemmeno l'ombra, tranne il sottoscritto che attende il turno.

Ma questi, nell'intenzione, dovrebbero essere racconti allegri invece mi accorgo che piegano storto, meglio cambiare aria.

Allora, quel giorno toccava a Vipaco ruotare la manovella. Vipaco è la scorciatoia per dire Vittorio Pasquale, nome dell'amico elettricista, il quale non aveva mai voglia di far girare lo spiedo. Brontolò che era stufo e che avrebbe inventato un aggeggio come si deve che girasse da solo. «Costruisco un qualcosa» disse. Detto fatto: nei giorni successivi si mise all'opera. Segò, assemblò e saldò tubi e profilati finché ottenne un solido telaio. Andò in un recupero di Longarone a procurarsi il motore di una lavatrice che montò sul telaio. Mediante pulegge e rotelle ne rallentò la corsa finché trovò il passo giusto all'asta dello spiedo. Ci mise un mese a finire. Era un uomo che andava lento. Non sempre era in grado di agire con lucidità e quindi con velocità. Faticò non poco a ripescare i remoti insegnamenti della Scuola Radio Elettra annegati nel vino. Alla fine ce la fece: era riuscito nel miracolo di finire l'opera in quelle condizioni. Finalmente venne il giorno del collaudo, si era ai primi di novembre, l'aria pinzava il naso come una molletta da panni, stare all'aperto non era tanto gradevole. Ma un possente fuoco di larice scaldava corpi e anime. Non appena le braci furono abbondanti e vivide, Vipaco le slargò col badile e orgogliosamente vi piazzò sopra il trabiccolo. Noi si guardava.

C'erano Ottavio, Sepin, Gil, Ian de Paol e Gildo. Papo, Brina e Berto sarebbero arrivati dopo, sulla scia degli odori e delle voci.

Tanto per vedere come funzionava il girarrosto iniziammo con un pollastro, una vecchia gallina spennata e pulita. Vipaco la infilzò e poi collocò l'asta nella sede apposita. Tirò una prolunga dalla cucina, innestò la presa, schiacciò un pulsante sul quadro di comando e l'aggeggio prese a ruotare. Pareva un sogno non dover girare la manovella. Il grande Vipaco gongolava. Non si aspettava la reazione ribelle della sua creatura. Ai tempi della Scuola Radio Elettra, alcuni meccanismi ancora non li conosceva. Ignorandoli, non li aveva neutralizzati nel motore. A un certo punto, senza preavviso, dal pannello di comando partì l'ordine di centrifuga. Vipaco dimenticò che un tempo quel motore era una lavatrice. La puleggia impazzì e il pollo prese a girare come un'elica. Il trabiccolo sopra le braci attaccò un ballo da tarantola, mentre il pollastro roteava fischiando. Accelerò sempre di più finché le fibre cedettero e l'infilzato decollò. Schizzò obliquo come un boomerang sbattendo prima sul muro di casa e poi finendo in fondo al prato appena ripulito di erba dorch. Ci guardammo senza ridere. Il riso venne dopo. Qualcuno bestemmiò. Uno solo seguì attento i fatti per coglierne vantaggio. Fu Papo. Con un balzo si catapultò laggiù, dove era finito il pollo. Ma Brina fu più svelta, lo addentò prima di lui e sparì nel fitto del bosco. Fu a quel punto che scoppiammo a ridere. Tutti tranne Vipaco. Tirava su col naso, come se piangesse ma non piangeva. Era il suo modo per accettare i fallimenti.

Ne aveva tanti alle spalle, povero Vipaco. Era buono e intraprendente, faceva le cose a fin di bene. Voleva riscattarsi, uscire dal buio, far vedere che aveva talento. Ma non riusciva, era sfigato e contro la sfiga non c'è talento che valga. Un dono però lo aveva: quello di non mollare mai, insistere, trovare entusiasmo sempre, anche in situazioni dove un altro si sarebbe impiccato. Vipaco: la sua grande anima semplice!

7

Buona Pasqua

La mamma di Olimpio Riva, detto Oli, figlio unico perciò viziato oltremisura, era una donna sui settanta, pia e devota alla Madonna come pochi. E poi devota a Dio e a tutti i santi, forse anche a quelli inventati dal Polte, nessuno escluso. Insomma una signora dai principi di marmo, contenuta nei modi e religiosissima.

A Pasqua e a Natale, entrava in un limbo di raccoglimento e preghiera che protraeva per giorni. In prossimità delle feste comandate, sabati e domeniche incluse, si chiudeva in bozzoli di silenzio e meditazione inaccessibili a chiunque. Non tollerava parolacce né volgarità o, peggio ancora, discorsi sessuali che lei chiamava "grassi". Figuriamoci la bestemmia! Quella non la perdonava a nessuno così come non perdonava coloro che parlavano "grasso".

Il figlio Olimpio, invece, forse per l'inconscio riflesso di aver subito una tale disgrazia di madre, era tutt'altro che baciapile. Ma, messo alle strette, per non deludere la vecchia e soprattutto per trarne vantaggi, fingeva una fede e una pietas lontani anni luce dal suo essere. Con la stessa assiduità con cui si recava a messa, andava a cercar donne facili ai bordi delle strade. Beveva e bestemmiava, pregava e faceva l'astemio a seconda della distanza che lo separava dalla madre. Ogni tanto si confessava, accoglieva la santa comunione con una faccia da tagliargli le orecchie e tutto tornava a posto. Basta vuotare il sacco e ogni peccatore torna più puro che alla nascita, dato che in quel momento è marchiato dal peccato originale che verrà poi estirpato dal battesimo.

Oli aveva quarant'anni, occhi furbi, cuoio capelluto che sparava capelli di chiodi e andatura di traverso, come il coyote che s'allontana dalla radura controllando il pericolo. La spada di Damocle perpetua di Oli era la madre che lo costringeva alla doppia vita di finta devozione e trasgressioni, preghiere e bestemmie, fioretti e puttane, vino e Levissima. Aveva imparato così bene la tecnica delle apparenze, che la vecchia mai sospettò o s'accorse delle avventure poco ortodosse del figlio. Questo, a ogni festa importante, andava a farle visita con un presente, regalini di circostanza, oggetti di poco valore che però testimoniavano (o avrebbero dovuto) l'affetto per lei e la fede nel Signore.

Una volta, in occasione del Natale, le regalò una scatola da scarpe piena di santini, comprata a pochi spiccioli nei mercatini dell'usato di Godega di Sant'Urbano, in quel di Treviso. Un'altra, un crocefisso di plastica mutilato di entrambe le braccia, recuperato da una casa diroccata. Le disse che era il Cristo dei braccianti e lei si mise a piangere vedendo il protettore dei braccianti senza braccia. Quando la donna domandò il perché di quelle orrende mutilazioni,

Oli rispose: «Rappresenta la fatica che tronca le braccia».

Un'altra volta, a Pentecoste, le portò un quadro a tempera di uno squilibrato pittore alcolista della val Mistrona, raffigurante i dodici apostoli intenti a giocare a morra. La mamma chiese cosa ci facevano, con le mani aperte sul tavolo, i dodici apostoli.

«Stanno facendo i conti per pagare la cena» rispose il figlio.

La prendeva in giro ma, allo stesso tempo, la temeva. Era donna di fede perciò pericolosa. Sospettosa come una martora: guai se scopriva raggiri. Diventava inflessibile e cattiva e tagliava i viveri al finto pio.

Capitò che s'avvicinò la Pasqua. Alla vigilia, Oli s'era perso in libagioni lungo i bar del paese dimenticando di procurarsi un regalo per la madre. Quando s'accorse si batté la mano sul viso e confessò il disastro a Ostelio Coda, fedele e taciturno compagno di sbronze.

«Portale una colomba» farfugliò Ostelio, «con le colombe non sbagli mai.»

«Non ne ho» rispose Oli, «e i negozi sono chiusi.»

«Ne ho una io» disse l'amico, «te la cedo volentieri, non mangio robe dolci.»

«Magari» rispose Oli con voce di scampato pericolo.

«Te la porto domani mattina» disse. «Ora beviamo, non mi va di andare a casa.» Si ubriacarono finché non li cacciarono dal bar.

Il mattino dopo, Ostelio si presentò da Oli con la bella scatola blu della colomba pasquale.

«Ecco» disse, «mettile un nastrino e ti salvi la faccia.»

«Grazie» bisbigliò Oli, «alle dieci vado a messa con mamma poi le do la colomba. Mi hai risolto una situazione assai fastidiosa.»

«Niente grazie» rispose l'amico, «piuttosto dimmi che ci vai a fare in chiesa tu?»

Detto questo bofonchiò un buona Pasqua dal sapore ironico e andò a infilarsi nella prima osteria sulla strada.

Venne l'ora della messa alla quale, impeccabile, partecipò anche Olimpio. Si piazzò bene in vista, che tutti lo notassero, mamma compresa. Gli uomini stavano nei banchi a destra, le donne a sinistra ché lassù, inchiodate alle punte delle montagne, resistono ancora differenze e drastiche separazioni di sessi. Finita la funzione, uscirono sul sagrato, bacetti e strette di mano, auguri, tante cose belle e... buone Pasque di sorrisi. Olimpio abbracciò la madre, la baciò sulle guance, formulò le parole di circostanza e promise che sarebbe andato da lei a pranzo.

«Vedi non tardare, ci sono le zie» brontolò la donna perentoria e severa, nonostante la comunione appena ricevuta.

Verso le tredici, Oli si presentò a casa di mamma con la colomba sottobraccio. Là dentro ronzava il cicaleccio di tre zie nubili più alcuni parenti alla lontana. Oli posò la scatola sul frigo e con la faccia mogia disse: «Ho portato una colomba, non avevo altro, nemmeno un uovo di cioccolata, regali giusti stavolta non ne ho trovati». Mentiva perciò faceva il contrito.

La mamma rispose che andava bene così, bastava il pensiero, ma guai si fosse presentato a mani vuote! Pranzarono tutti assieme, non prima di aver recitato la preghiera imposta dalla padrona di casa. C'erano del capretto e altre robe buone. I parenti avevano portato il vino. Oli cercò di approfittarne ma quel cerbero della madre ogni volta lo redarguiva: «Non bere Olimpio! Ti fa male!». Olimpio taceva. Pensava: "Che rompicoglioni". Finalmente venne l'ora del dolce.

«Assaggiamo la colomba di mio figlio» disse la donna. Una delle zie brontolò: «C'è anche la nostra, da aprire!». «Una per volta» rispose acida. «Prima quella del mio Oli, è stato così carino!»

Sparecchiarono la tavola dai piatti e piazzarono al centro la colomba. Le zie nubili si davano da fare trascinando i culi voluminosi di qua e di là. La mamma di Oli aprì la scatola e tirò fuori il fagotto contenente il dolce. Subito non fece caso al tipo di carta che l'avvolgeva. Ma dopo un'occhiata rapida capì e rovesciò tutto in terra. Erano immagini di donne nude e uomini con peni colossali indaffarati in coiti strampalati, atti sessuali e sconcerie di ogni genere. Le pagine di un'intera rivista porno, di quelle molto spinte, fasciavano come garze blasfeme la dolce colomba pasquale. La mamma di Oli, prima di cacciare un urlo isterico, si tenne al tavolo. Stava per svenire. Iniziò a insultare il figlio degenere. Che, in realtà, non c'entrava nulla. Rossa come un cappone sbraitava e lo malediva mentre le sorelle, incendiate da quelle visioni di atti a loro preclusi, s'affannavano a raccogliere le pagine della vergogna e cacciarle nella stufa, non prima però di averle spiate per bene. I parenti ridevano, la mamma di Oli no. Minacciava denunce contro il figlio e lanciava maledizioni mentre lui, senza aprir bocca, pensava all'amico bastardo che gli aveva regalato la colomba. Questi, che non sopportava la donna, aveva confezionato a modo suo il regalo pasquale. E poi aveva richiuso la scatola in maniera che non si notassero manomissioni. Olimpio non provò nemmeno a difendersi. Sarebbe stato inutile. Solo una volta farfugliò uno stentato vagito: «Me l'ha data lui, io l'ho solo portata qui». Ma sua madre non volle crederci e nemmeno sapere il nome di questo lui. La Pasqua finì nel caos e Oli imparò a non fidarsi di nessuno, né ad accettare regali a... "colomba chiusa".

8

Una beffa

Guardiacaccia e forestali avevano preso di mira Guglielmo Canton, detto Gelmo. Ce l'avevano con lui perché faceva il furbo. Oltre che bracconiere, era esperto uccellatore. Esercitava l'arte di catturare, allevare e vendere ogni tipo di volatile. Per fare questo, ma in genere per tutti i lavori, ci vogliono permessi e carte in regola, cose lontane anni luce dal mondo di Gelmo Canton. Non che fosse un delinquente, soltanto non voleva finire nella melma burocratica delle scartoffie né impaniarsi per uffici alla stregua degli uccellini che catturava d'inverno col vischio. Era un essere libero e strano, convinto che la natura fosse messa lì da qualcuno a esclusivo uso e consumo dell'uomo. E siccome lui era un uomo, anche se piccolo e contorto come un giunco avvitato dal vento, adoperava la natura fin nei minimi termini. Prendeva rane, trote, lumache, erbe di ogni sorta, radici, bacche, frutti selvatici, funghi. Cacciava camosci, caprioli, lepri, coturnici, cedroni, galli forcelli, pernici bianche. E poi uccelli di tutte le razze e dimensioni. In pratica viveva di natura vendendo qua e là quello che sottraeva a essa. Senza permessi né licenze. Permessi e licenze erano roba da schiavi. I pennuti di piccola taglia, canterini e vivaci, li smerciava alla Sagra dei Osei di Sacile, che si tiene ad agosto da quasi settecentoquarant'anni. Canton era un tarlo tenace e laborioso, che ogni giorno faceva qualche buco nella montagna lasciando sul luogo del misfatto la polvere del suo rosicchiare. Chi passava dietro al suo andare, sovente s'imbatteva nelle interiora di capriolo o camoscio uccisi e sviscerati. O nel nido smaltato del tordo, vuoto come una scodella, dopo che lo aveva tirato giù dai rami e sottratto i pulcini. Alla sagra di Sacile, gli allevatori pagano tutt'oggi i piccoli di tordo a peso d'oro. Dicono che avendo respirato aria di montagna, hanno una voce bella e sonora, cantano meglio di tutti e con più entusiasmo.

Chi per caso seguiva le orme di quel bracconiere lungo le rive dei torrenti Vajont, Mesazzo e Vail trovava anche la pelle delle rane che Guglielmo Canton, detto Gelmo, furetto del bosco, spellava direttamente in loco per non portare a casa scarto inutile. Insomma, quell'uomo solitario e piccino viveva di queste cose qui, fregandosene di leggi e divieti. Però non esaltava le sue imprese, né si vantava. Al contrario, cercava di occultare il più possibile prede e guadagni. Ma si sa, gli uccelli in gabbia cantano di nostalgia ed è difficile non sentirli. E l'invidia canta nella gabbia del cuore degli uomini. I quali, sentendo cantare gli uccelli e l'invidia, cantano pure loro. Qualcuno dunque fece la spia.

Un bel giorno i forestali si presentarono col mandato di perquisizione a casa di Gelmo. Sequestrarono tutto perché lì dentro tutto era fuori regola, anche lui. Infatti non aveva mai avuto famiglia, era figlio di chissà chi e di una ragazza madre che lo aveva abbandonato. Fu allevato da un vecchio bracconiere che lo portava giorno e notte in giro per boschi e montagne. Ecco perché era diventato così. Gli appiopparono una multa salata, lo esortarono a comportarsi bene e se ne andarono. Ma ci voleva altro per far desistere Guglielmo dalle sue passioni.

Calmatesi le acque, riprese l'attività come e più di prima, giacché se uno ama una cosa non smette di farla al primo inciampo. Se la ama davvero, nemmeno all'ultimo, a meno che l'ultimo non sia la morte. E poi, ormai era una questione di sfida. Avevano osato punirlo? Doveva vendicarsi. Chi la dura la vince. Così, il bracconiere solitario seguitò a pescare dalla natura tutto quel che gli riusciva, badando ad avere più cautele e attenzioni. Ma commise un errore. Il classico errore di chi è troppo sicuro di sé.

Quell'uomo sfuggente e misterioso amava i cuculi come nessun altro uccello. Nei mesi che vanno da aprile a giugno perdeva giornate intere, nascosto nelle radure, ad ascoltarli mentre facevano *cucù* sulle punte dei larici. Una primavera decise di allevarne uno. Che raccolse appena nato, padrone assoluto e ben pasciuto nel nido di un merlo. Lo imbeccò con pazienza e metodo dandogli tarme e uova di formiche. E un miscuglio miracoloso fatto di insetti, vermicelli e altre sostanze, vitamine comprese, che acquistava a Maniago, nel negozio specializzato di Paolo Pipolo. Tale pastone gli era indispensabile per allevare anche altri nidiacei.

Il cuculino cresceva, veniva su vispo e dispettoso e birbante come loro natura vuole. Per lui, Guglielmo aveva riservato una stanzetta al primo piano soleggiata e asciutta che dava sulla strada. Lo tenne con sé tutta la primavera e l'estate e l'autunno e l'inverno. Era diventato come un cagnolino, seguiva il padrone ovunque andasse. La primavera successiva, ai primi d'aprile, iniziò a cantare. Quando cantava ridevano i vetri della stanza, i ghiri ascoltavano attenti e gli altri uccelli rispondevano a modo. Gelmo a volte lo lasciava libero, che volasse fuori a divertirsi un po' sul ciliegio. Poi tornava dentro e si posava sulla spalla di colui che lo aveva sottratto all'aria aperta per sentirlo cantare al chiuso. La faccenda funzionò fino al termine di giugno.

I forestali che lo tenevano d'occhio un giorno sentirono il verso del cuculo nella stanza. Con nuovo mandato di perquisizione bussarono in tre alla porta di Gelmo, sequestrarono il cuculo abusivo e multarono l'uomo un'altra volta. Con l'avvertimento che, alla prossima, la cifra sarebbe stata molto più seria. A quei tempi tali infrazioni venivano sanzionate con multe, oggi contemplano processo penale e rimborsi da capogiro. Per fortuna non ispezionarono la stalla, dove almeno venti uccellini crescevano a tarme, uova di formiche e pastone.

Guglielmo Canton meditò la vendetta.

Passò un altro anno, tornò un'altra primavera e ricominciarono a cantare i cuculi. E uno cantò di nuovo nella stanzetta di Guglielmo Canton. L'irriducibile bracconiere non voleva arrendersi alla legge. Ora sfidava spudoratamente forestali e guardiacaccia con un altro prigioniero. Non ci misero molto a scoprirlo. La gente parla. Anzi canta, come gli uccelli. Meno ancora impiegarono a presentarsi con l'ennesimo mandato.

Erano quattro, due forestali e due guardiacaccia.

«Stavolta sei nei guai visto che vuoi fare il furbo» disse uno.

«Apri la porta della camera dove tieni il cuculo» ordinò un altro.

Intanto, come per attirare l'attenzione, il volatile cantava a squarciagola: *cucù-cucù*. Gelmo finse reticenza a cedere ma, alla fine, dovette aprire. I tutori si precipitarono all'interno. Il cuculo era lì che esprimeva le sue doti a piena voce, abbrancato a un trespolo. Solo che non era un cuculo ma una gracula religiosa detta anche merlo indiano, di quelli scuri col becco giallo che, ammaestrati a dovere, riescono persino a pronunciare parole. Gelmo l'aveva comprato piccino dal negoziante Pipolo di Maniago, subito dopo il sequestro di quello vero. Mediante un registratore con incisa la voce dei cuculi, aveva bombardato per mesi il merlo indiano finché non aveva imparato perfettamente a cantare come loro. Ma non bastava. Gelmo esibì strafottente un pezzo di carta: il certificato di regolare detenzione del pennuto extracomunitario. Quella volta, forestali e guardiacaccia dovettero far fagotto con le pive nel sacco. Il merlo indiano, strafottente come il padrone, li salutava con irridenti *cucù-cucù-cucù*. Gelmo Canton chiuse la porta soddisfatto.

9

Vendetta diabolica

Prima e dopo il tracollo finanziario, l'amico Icio Duran, al secolo Maurizio Protti, ha fatto il pastore di pecore. Vi sono vari tipi di pastori perciò la specifica "di pecore" è necessaria. Un tempo non gli mancava benessere, tuttavia fin da bambino scappava di casa per aggregarsi ai pastori e vivere sui pascoli, all'aria aperta, con gran disperazione di mamma Nina, che adorava quell'unico figlio scapestrato.

Ma non c'è niente da fare. Icio porta nel dna tracce antiche, eredità genetiche di uomini alpestri, avi e parenti di passo tra i quali il mitico Fermo. Falciatori, contadini e malgari, gente fatta con l'accetta, che in primavera annusava l'aria come i camosci, la tastava con la lingua come le vipere poi partiva verso i monti. Icio è di quelli. Se passa una Ferrari non si volta nemmeno, o si gira dall'altra parte, ma se vede un agnellino si commuove e lo prende in braccio.

Diversi sono stati i padroni di greggi che hanno avuto Icio in ruolo di aiutante. Alcuni sono amici, come Giancarlo dal Molin, i figli, Franco, Manuele e Guglielmo, che porta il nome del nonno. Tutti pastori. E poi Valentino Frison, detto il Passùo, Igino Perozzo, Angelo Paterno, Berto Fontana, Sergio Giachela. Ultimi esponenti di un mestiere antico e nobile ormai in via d'estinzione. Osteggiati da politici e burocrati buoni a nulla, i superstiti del mondo bucolico hanno vita dura e pagano caro la loro scelta. Coloro che dovrebbero tutelare le cose buone che ancora esistono e resistono su questa montagna strizzata e vilipesa, dove non nevica firmato, ce la mettono tutta per estirparle. E condannano le greggi a morte certa. Un branco di incapaci e furbastri che non muovono un dito per agricoltura e pastorizia ma permettono il proliferare di capannoni e ipermercati nei posti più belli delle regioni, in barba all'Unesco. La politica degli "arraffa" vede i pastori come invadenti, disturbatori, rompicoglioni e spesso maleducati, cui non spetta alcun diritto di territorio. Le autorità li denunciano per pascolo abusivo e non aprono bocca contro il furto di acqua, o la cementificazione dei vecchi tratturi protetti da leggi statali o contro altre nefandezze legalizzate. Godiamoci quindi ancora qualche anno queste figure leggendarie, tra poco non le vedremo più se non in frettolosi presepi di circostanze natalizie.

Un giorno Icio si aggregò a un pastore nuovo, mai salito da queste parti. Tipo bizzarro, rubizzo e allegro, sempre in vena di scherzi, alcuni piuttosto antipatici. Salirono ai pascoli meridionali del monte Lodina dopo varie tappe disastrose circumnavigando Cimolais da una bettola all'altra, con il gregge che si disperdeva ondeggiando malamente sulle grave del Cellina. Lassù, presero posto nella casera diroccata (che il CAI anni dopo ha rimesso a nuovo). Era la fine di un settembre infelice. Lenzuola di nebbie venivano su dalla valle lentamente andando a sbrindellarsi sugli spigoli affilati delle rocce. Piovigginava. Ogni giorno piovigginava per tutto il giorno. La malinconia dell'autunno si poteva vendemmiare. Stava impigliata nei radi boschi di carpino nero ma ogni tanto si liberava e andava su, fino alla baita, a cercare i due naufraghi delle nebbie. Nemmeno l'allegria del fuoco che scoppiettava in un angolo della baita riusciva ad allontanare il tedio di quelle giornate solitarie. L'alta montagna rendeva tutto più distante e remoto. Di notte, la pioggia ticchettava sulle lamiere con cantilena triste e monotona, mentre il gregge stava unito come un blocco di marmo, per far scorrere l'acqua al di fuori dei corpi. Vita da pastori, esistenza grama e dura, affilata da passione di solitudine, "resistere" l'imperativo.

Una mattina, ancora piovosa e sempre uguale, il padrone chiamò Icio segnando un puntino bianco verso la Forcella Lodina, dicendogli che si trattava di un agnello smarrito, finito lassù causa il maltempo che lo aveva frastornato.

«Devi andare a recuperarlo o crepa» concluse il padrone.

Icio prese l'ombrello e si avviò di buon grado. È uno che ama gli animali e, anche se oggi campa spingendo la carretta a suon di espedienti, il suo animo è rimasto buono. Dalla baita al presunto disperso, ci voleva più di un'ora di scarponate sul ripido. Ogni tanto guardava il puntolino. A volte lo vedeva a volte no fino a mettere in dubbio di trovarlo o perderlo. Stracci di nebbia andavano e venivano, lasciando apparire e occultando. Alla fine arrivò lassù, nelle terre della malinconia eterna. Quando inquadrò l'agnello con maggior nitidezza, altro non era che una bianca pietra di calcare. Si sentì ridicolo e ingenuo. Doveva osservare meglio, in questi casi ci vuole il binocolo, quantomeno un po' di accortezza. Ma c'erano le dannate nebbie a confondere e complicare. Tornò giù alquanto scornato, i pantaloni zuppi, i piedi a mollo negli scarponi che facevano *cik ciok*. Chiuse l'ombrello ed entrò nella baita fatiscente. Il pastore stava accanto al fuoco, steso su una lamiera arrugginita.

«Niente agnello» disse Icio, «era una pietra.»

«Ah, ah» rispose il padrone, «te l'ho fatta un'altra volta. Lo sapevo che era una pietra, l'avevo vista col binocolo, non manca nessuna bestia all'appello.»

Icio masticò amaro ma non disse nulla. Segno che si sarebbe vendicato. Chi sbraita si sfoga e gli basta così. Chi tace medita, prepara il colpo, aspetta l'occasione.

Dopo qualche giorno scesero a valle, dove almeno c'era qualche osteria. Stanchi di nebbie e pioggia, calarono alla Piana di Pinedo, tagliata in due dal lungo rettilineo della Statale. Si piazzarono col gregge nei prati a tiro della strada. Il cielo seguitava a piagnucolare lacrime sottili, Icio evitava l'acquerugiola seduto sotto l'ombrello. Il pastore dagli scherzi facili indossava lo spesso tabarro di panno grigio, una specie di poncho conico lungo fino ai piedi. A un certo punto, a metà mattinata, al padrone scappò un bisogno impellente al quale non poteva sottrarsi. Non essendoci intorno né cespugli, né alberi, né siepi, né massi erratici, né niente di niente da far riparo ma soltanto la desolata prateria umida, il padrone si accomodò lì dov'era. Calò i pantaloni e s'accucciò circospetto sotto il tabarro che lo circondava e lo proteggeva come una tenda sioux. In quel preciso momento il cielo, oltre alla pioggia, mandò a Icio l'occasione per vendicarsi.

Passò un pullman di studenti che notarono il gregge. Il professore chiese all'autista di fermarsi e tutti scesero ad ammirare quel raro fermento bucolico apparso d'improvviso sull'umida pianura di Pinedo. S'avvicinarono a Icio per saperne di più. Il padrone rimase immobile, accucciato dentro il tabarro, attento il più possibile a non farsi scoprire. Lo dividevano da Icio circa trenta provvidenziali metri di salvamento. Icio si scrollò via con un ghigno le domande degli studenti. Non voleva perdere tempo, altrimenti l'altro avrebbe finito. Segnando col dito la tenda sioux col cappello in testa disse: «Andate da lui, è quello il padrone». La torma di studenti filò verso il pastore che stava facendo i bisogni accucciato sotto il tabarro. Per tre quarti d'ora lo tempestarono di domande e lui farfugliò risposte a casaccio, rosso come un peperone, senza potersi alzare. Icio si avvicinò facendosi largo tra quei giovani curiosi di mestieri antichi, lo fissò dall'alto verso il basso e disse: «Ah ah, te l'è fatta agn iù». Il padrone fingeva di star seduto a oziare ma non ne poteva più, e sprizzava bile dagli occhi. Finalmente i ragazzi se ne andarono e il burlone burlato trovò il tempo di finire il bisogno interrotto. Non certo, a quel punto, in santa pace.

10

Un forcello

Era una primavera di molti anni fa, il mese di maggio. A quei tempi si andava a cacciare i galli forcelli nel periodo dell'accoppiamento. Oggi è pratica proibita e ci credo! Si abbattono i maschi nel momento più bello dell'amore, quando saltano sulle femmine per farle deporre uova buone affinché nascano i pulcini. Si può dire caccia vigliacca. È come se, mentre stiamo facendo l'amore, all'improvviso ci sparassero una fucilata alla schiena. Dispiacerebbe assai. Non per l'interrotta avventura ma la perduta vita.

Ma allora, più di trent'anni fa, era cosa normale bracconare i forcelli al canto di primavera, anche se i rischi di esser pizzicati erano alti. Poi sarebbero fioccati processi e multe salate, ma la passione era più forte del rischio e ti conduceva a giocarti l'azzardo di quelle emozioni uniche. L'avvicinamento, i silenzi, le ombre scure della notte, quelle rosa dell'alba, i versi degli animali notturni facevano vibrare l'anima. Solo recarsi sul posto diventava un'avventura da lasciare il segno a vita. Soprattutto ai ragazzini. Si cominciava a nove, dieci anni a passare gelide notti d'aprile e maggio in marce estenuanti, al seguito di nonni, padri e amici dei padri aspettando l'alba nel gelo e nel silenzio.

Ho sessantadue anni, ne ho viste di ogni colore, scivolo su montagne di ricordi brutti e dolorosi, ma quando penso all'infanzia e alle cacce al forcello con mio padre, o con i leggendari bracconieri del tempo, mi prende una malinchetudine, un misto di malinconia e solitudine che non ha eguali. In quei momenti ascolto il tempo che è passato e la memoria dissepolta si fa viva. Essa torna a cercarmi con i suoi occhi di velluto umido. All'inizio erano sacrifici e pene, se avessi potuto ne avrei fatto volentieri a meno, ma mio padre imponeva di seguirlo. Crescendo, la pratica iniziò a piacermi, tanto da non passare settimana senza almeno un paio di uscite. Che prendessi o no qualcosa, era la notte, la sua magia, i suoi misteri, il suo fascino inquietante a spingermi dentro il buio dei monti e a farmi appostare nelle radure dove, sul filo del giorno, cantavano i forcelli. Qualche volta è andata male. Invece di prendere il pennuto, qualcuno ha preso me. E così ho avuto tre processi per bracconaggio – più due per ubriachezza molesta –, ma sono cose ormai remote, disperse negli inciampi della gioventù.

Torniamo alla storia allegra.

Quel maggio, l'amico Sepp era salito al Borgà per cacciare i galli. Voleva andassi con lui ma preferii le rampe del Pradon, dove c'era minor rischio di visite sgradite. In linea d'aria non si stava tanto distanti, ma sul Borgà era come esibirsi alla Scala, e Pradon un disperso teatro di periferia senza gente. Visto che rinunciai alla sua compagnia, Sepp invitò Ottavio il quale non vedeva l'ora di imbracciare l'automatico. Spararono ai galli che appena si sentiva il vagito dell'alba. Il rimbombo dei colpi rotolò sull'aria del mattino e giunse fino al Pradon. Era un giorno di maggio tiepido e sereno, troppo bello perché andasse via liscio. Me la sentivo. Avevo preso un maschio con cinque penne storte e volevo attraversare la parte di Scalèt per incontrare gli amici e far loro invidia. Rinunciai. Fiutavo pericolo. Infatti c'era. Guardiacaccia e forestali avevano circondato il Borgà per metter nella rete Sepp e il vecchio Ota. Ci voleva altro a insaccare quei due! Non che i tutori della legge fossero zimbelli incapaci ma, di quella zona, gli amici conoscevano ogni pietra, ogni fenditura e, soprattutto, scappatoie a non finire. Così passarono indenni tra le maglie tese a raggiera e filarono verso casa. Dai costoni del Pradon, col binocolo Swarovski seguivo le manovre delle camionette che si spostavano di qua e di là. Lasciai il gallo dentro un residuo di valanga, la doppietta sotto un sasso e calai giù. Erano le dieci passate, nell'osteria Pilin fermentava la notizia. Si sapeva della posta ai bracconieri. Ottavio aveva nascosto la preda, e se stesso, chissà dove. Sepp invece, che aveva coraggio strafottente e massicce dosi d'incoscienza, ne combinò una delle sue. Occultò la doppietta, tornò a casa e buttò il forcello sotto il tavolo della cucina. Come se non bastasse, lasciò la porta spalancata. Stava facendo una cuccuma di caffè quando entrarono. Erano i tutori della legge. Due, piuttosto trafelati, lo avevano inquadrato col binocolo nel momento in cui varcava la soglia col gallo in mano e allora erano scesi di corsa. Non ci misero molto a scoprire il pennuto sotto il tavolo. In quel momento iniziò la farsa.

Un tutore dell'ordine afferrò il gallo sollevandolo e gridando: «Che ci fa questo qua dentro?».

«Non lo so, lo chieda a lui» rispose Sepp.

«Non faccia il furbo, queste son cose serie!» gridava il guardiacaccia. «La mandiamo in galera.»

«Anche casa mia è seria» disse Sepp imperturbabile. «Avete un mandato per stare qui dentro visto che dentro siete già?» Prese la scure e la poggiò sul tavolo.

I due sbraitavano. Dicevano che in presenza del corpo del reato non occorrono mandati e potevano agire come volevano. Ma Sepp li minacciò. Se ne andassero subito o capitava qualcosa di grave, quella era casa sua. Aggiunse che, del forcello, non ne sapeva nulla, qualcuno, mentre lui si trovava su in camera, lo aveva buttato lì sotto per incastrarlo. I guardiacaccia uscirono col pennuto stretto in mano, ma la cosa logicamente non finì. Dopo qualche mese l'amico fu chiamato a Belluno per rispondere in tribunale di un gallo forcello atterrato misteriosamente sotto il tavolo della sua cucina. E la farsa riprese. Il giudice lo interrogò dopo aver esposto alla corte le ragioni dei guardiacaccia. Sepp rispondeva a monosillabi o con vaghi "non ricordo". Finché il giudice, spazientito, alzò la voce: «Senta, sarà mica piovuto dal soffitto sto gallo forcello!».

«No, signor giudice, altrimenti sarebbe finito sul tavolo, non sotto.»

«Non faccia battute!»

«Non faccio battute, nemmeno di caccia.»

«Allora mi dice com'è finito sotto il tavolo il gallo?»

«Non lo so, forse era entrato per salvarsi.»

«Entrato già morto?»

«Sarà morto dopo, d'infarto, per la paura.»

Le battute si susseguivano, il giudice smise di essere nervoso, e per un attimo parve divertirsi. Imperturbabile, Sepp rispondeva con serietà biblica, ma sprizzava lampi dagli occhi.

«Lei, caro signore, deve spiegare a codesta corte com'è finito sotto il tavolo della sua cucina un gallo forcello!» incalzò il giudice.

«Forse aveva bevuto, finisco spesso anch'io sotto il tavolo senza che nessuno mi butti.»

«Ma non morto!»

«Io no. Lui sarà stato in coma.»

Ormai nell'aula del tribunale pareva recitarsi un cabaret, non un processo. Immediatamente il giudice riprese in mano la situazione. Minacciò Sepp di ritorsioni molto serie se non avesse risposto a tono alle domande e smesso di fare il furbo. C'è da dire che il conduttore del processo, con le sue provocazioni, favoriva non poco le risposte arroganti dell'imputato. Il quale, prima di entrare, s'era scolato cinque, sei bicchieri di bianco per farsi coraggio e continuava a ripetere che del gallo non sapeva nulla. Alla fine il giudice non resse e sbottò: «Ma insomma! Chi ce l'ha portato quel gallo, la Befana?».

Sepp flemmatico: «No signor giudice, ché non era il sei di gennaio».

A quel punto il processo terminò. Il nostro amico fu condannato. Il forcello si trovava a casa sua e un anemico difensore d'ufficio non riuscì a dimostrare che ce lo aveva messo qualcuno. Inoltre, c'era la testimonianza dei due guardiacaccia. Quando il giudice finì di leggere la sentenza, sbirciò verso l'imputato e gli scappò un sorriso.

Qualche anno dopo, non tanti, Sepp ebbe a vedersela per l'ultima volta con quel tavolo. Lo trovammo seduto sulla panca, le mani aperte appoggiate al ripiano di larice, un bottiglione vuoto, un bicchiere rovesciato, lo sguardo triste e fermo. Se n'era andato così, le mani avanti, le dita aperte, sconfitto dall'ultima partita a morra con la morte.

11

Case sicure

Ricordo Mirco, un amico d'infanzia, che emigrò dal paese non ancora adolescente. Se ne andò a dodici anni con la famiglia, appena in tempo per evitare quella vergogna d'Italia che, l'anno dopo, sarebbe passata alla Storia come disastro del Vajont. Una tragedia acutamente viva nel cuore dei superstiti, nonostante siano passati quasi cinquant'anni da quel genocidio. Il 9 ottobre del 1963, i talebani dell'interesse e del cinismo lanciarono i loro aerei contro la parete del monte Toc provocando duemila morti innocenti.
Mirco e io eravamo coetanei, molto uniti, allevati uno accanto all'altro, decisi a tener botta nelle difficoltà, assieme a Silvio Carle, l'altro Carle e tutta la banda che ormai si va estinguendo. Ci volevamo bene, crescevamo sperando e guardando al futuro. Poi la vita ci divise proiettando ognuno verso il proprio destino. Gli anni sono passati, il tempo ha operato demolizioni fisiche e la morte è venuta a prendersi molti degli amici d'infanzia. L'ultimo, per ora, è stato Silvio, a sessantadue anni, una fredda notte di gennaio. Forse intuì che la signora stava là fuori, allora aprì la porta che entrasse. O forse fu per respirare ancora una volta

l'aria pulita della sua valle, prima di sdraiarsi sul divano e rimanervi.

Mirco a quei tempi era un ragazzo vivace, vedeva orizzonti suoi, non tollerava comandi né imposizioni. Ribelle per natura, ha sempre pagato caro l'andare controcorrente. Tirar testate alle ingiustizie non fa notare agli altri i loro soprusi. Nel novembre del 1962, i genitori lo presero per mano e, passeggiando tra le foglie d'autunno, gli spiegarono che in paese c'era miseria, occorreva andare via, emigrare. Lui voleva rimanere, si liberò dalla stretta e scappò nel bosco. Lo catturarono subito e a quel punto non gli spiegarono più nulla. La settimana dopo si trovò a Torino con la famiglia. Ambiente sconosciuto, caotico, infernale. Vita nuova, scuola nuova, niente montagne, prati, torrenti, boschi. Un incubo. Che fare? Unica salvezza: i libri, mettersi a studiare, leggere. Annegare nel mondo dei libri la nostalgia della casa lontana, incastrata con le altre nel paese che lo aveva visto nascere, crescere, giocare, tra effluvi di fieni tagliati e cataste di legna, nevicate e inverni di silenzio, autunni colorati e primavere senza tempo. Era dura per Mirco la nuova realtà ma la accettò senza aprir bocca. Nel frattempo meditò, ragionò e alla fine decise il suo futuro.

"Diventerò architetto, farò case piccole, solide, belle, essenziali e accoglienti. Come la mia lassù, tra i monti che ho dovuto abbandonare."

Così decise, e quel sogno lo realizzò. Studiò con metodo, applicazione e profitto. Superò le medie, lo scientifico e l'università, dalla quale ne sortì col massimo dei voti e la lode. Discusse una tesi sull'abbraccio caldo che una casa deve avere nei confronti di chi vi abita. Insomma, niente catacombe di gelido marmo, né pacchianerie: legni di prima scelta, davanti a tutti il larice, tagliato in luna calante su terreni magri, e solo le pietre essenziali, non una in più. Appena laureato, avviò uno studio e iniziò a proporre case come quelle del suo paese. Ma non ne vendeva. I committenti, specie quelli danarosi, volevano catacombe, non abitazioni affettuose. Mirco non cedeva, seguitava a disegnare progetti follemente semplici, perciò accoglienti e pratici, col rischio di fallire e chiudere bottega. Il suo slogan era: "Piccola, essenziale, niente muri di banale".

«Le case devono essere sicure» diceva cercando di convincere i committenti. Non intendeva resistenti a terremoti, venti o tempeste. Si riferiva al benessere che si sarebbe dovuto provare all'interno di un'abitazione. Queste erano, o dovevano diventare, le case di Mirco, contenitori caldi che non annoiavano e nemmeno annacquavano la voglia di starci dentro. Lo presero per matto. Specie quando, incalzato da fallimenti, delusioni e commesse andate a vuoto, aprì uno studio anche a Milano.

«La sfiga va combattuta con l'azzardo» diceva.

Figuriamoci negli anni Ottanta, quando imperava la furia cementizia e la Milano era "da bere": parlare di legni, pietre e sobrietà poteva essere follia.

I colleghi lo pigliavano per il culo: «Morirai di fame» dicevano.

«Le case non devono tradire» rispondeva imperterrito. «Devono dare sicurezza. Anche dopo secoli chi vi entra deve sentirsi a proprio agio. La casa non deve scadere come uno yogurt, o il progetto è fallito.»

Nonostante il suo muoversi come un salmone contro il

fiume di cemento, gli capitò di piazzare qualche casa semplice. Soprattutto nella periferia di Torino, verso le colline. E qualcuna pure ai margini ancora buoni avanzati dalla Milano da bere. Intanto sbarcava il lunario ed era già vittoria.

Passarono gli anni. Mirco, nel frattempo, era riuscito a far valere un pochino la sua opera. Piano piano, si fece largo tra le archistar che innalzavano cattedrali. Un po' alla volta attirò l'attenzione su di sé. Alcuni riccastri, rincoglioniti e annoiati di opulenza, aprirono gli occhi, forse rinsavirono, o, più semplicemente, annusarono la crisi con qualche anno di anticipo. Quelli hanno fiuto da martora, acume, soldi da spendere e tempo per riflettere. E si annoiano da morire.

«Nessuno è tanto annoiato quanto un ricco, perché il denaro compra il tempo, e il tempo è ripetitivo.» Lo diceva Josif Brodskij.

Allora questi qui, i ricchi, iniziarono a cercare Mirco e commissionargli casette di sobrietà paesana. Così, in pochi anni, anche lui diventò ricco e cominciò ad annoiarsi. Nelle persone sensibili la noia crea nostalgia. Mirco iniziò a pensare al luogo natio, alla casetta da dove era partito. Quarantacinque anni prima. Copiandola e proponendola con tenacia, essa lo aveva ripagato. Anche questo le doveva, oltre ai bei ricordi. Al paese lo aspettava quella casa sicura, lo sapeva e voleva rivederla.

Un pomeriggio dell'ultimo luglio, questo qui del 2012, stavo sorseggiando una birra sulla piazzola assolata del Gallo Cedrone, che prima si chiamava osteria Pilin. A un certo punto arrivò una specie di astronave e si fermò vicino al campanile. Scese un uomo vestito elegante, e si diresse verso l'osteria. Ci misi poco a riconoscerlo. Era Mirco: stessa faccia di cinquant'anni prima. Lui, invece, stentò a inquadrarmi. Dimostro più anni, sono invecchiato male, strapazzi, alcol e fatiche hanno demolito più del dovuto. Abbracci, strette di mano, chiacchiere, qualche bicchiere, le nostre vite sciorinate. Parlava un italiano perfetto! «Dài, dài non fare il figo» gli dissi. Sapeva qualcosa di me, io qualcosa di lui. Una volta era venuto a sentire una presentazione alla Feltrinelli di Milano. Vedendomi circondato da qualche lettore in fila per l'autografo, non aveva osato avvicinarsi. Nel luogo natio si fermò appena due giorni, il tanto che bastò a fare un giro in paese e visitare la sua dimora di un tempo. A questa ci andammo l'indomani, giacché il resto del pomeriggio lo passammo a bere e parlare. Non potei fare a meno di notare la perfezione del suo italiano. E di come lo esibiva. Allora anch'io, per stare al passo, cercai di parlar bene la madre lingua.

Il giorno dopo ci recammo alla casa. Stava in un vicolo della via San Rocco o meglio di quel che rimane della via San Rocco. Era formata da piano terra e primo piano. Quando, fissandola con le lacrime, disse che gli parlava ancora e gli pareva intatta e sicura, sussultai. Rammentavo troppo bene l'incidente dell'amico Svalt, quindici anni prima. Tornato anche lui dalla Milano da bere a visitare il nido d'infanzia, lo vidi volare dal terzo solaio fino in basso. Le assi avevano ceduto, risucchiandolo di sotto. Per fortuna senza conseguenze. Così raccontai quel fatto a Mirco.

«Questa no» disse, «la mia casa non tradisce.»

Raccomandai comunque attenzione. Da mezzo secolo, il paese abbandonato subisce le spallate del tempo e le sferzate delle stagioni, non è salubre avventurarsi nelle vecchie abitazioni. Ma lui ripeteva: «Niente paura, è sicura. Per questo le faccio uguali». Dissi vabbè ed entrammo. La porta non esisteva, caduta in briciole da anni, e questo doveva essere già un segnale. Ma gli innamorati non intendono segnali. Salimmo per scale scricchiolanti al primo e unico piano dove, al centro di una stanza, stava una colonna di legno che sosteneva il tetto. Mirco guardava con le lacrime.

«Sono nato qui!» singhiozzava. «Cresciuto qui per dodici anni!»

Io mi ero fermato sulla soglia di quella stanza in penombra. A differenza dell'amico conservo freddezza nelle emozioni dei ritorni. Pur non essendo architetto, conosco quel che combinano neve e pioggia nelle ossa dei casolari abbandonati. Sono tarli inesorabili che minano l'interno come malattie latenti lasciando all'apparenza facce pulite e sane. L'amico attraversò la stanza dove, sessantadue anni prima, aveva visto la luce del mondo e dove, solo per fortuna, non la vide spegnersi del tutto. S'appoggiò alla colonna con la spalla, le gambe divaricate al modo di quando si ammira qualcosa. Sotto la spinta il vecchio palo tarlato si spezzò come un grissino, sbilanciando Mirco che finì bocconi. Da lì, uno scricchiolio sinistro pervase l'intera area del tetto che qua e là apriva spazi azzurri verso il cielo. Dopodiché ci fu lo schianto. Il coperto crollò dentro un rumore di coppi sbriciolati e assi fracassate. Il tutto impattò sul solaio, il quale sprofondò di sotto assieme all'architetto. Feci in tempo a vedere Mirco sparire inseguito da una valanga di calcinacci. Per la seconda volta assistevo a una scena pressoché uguale. Mi chiedevo perché non avevo cercato di bloccare l'incauto esploratore di case sicure. Se con Svalt andò bene, la stessa fortuna non si sarebbe potuta ripresentare.

Invece sì.

Lo chiamai.

«Tutto a posto» rispose. Ma non poteva muoversi. Stava imprigionato dentro un bozzolo di travi che lo avevano protetto. Salvo qualche strisciata sulla pelle, non si era fatto niente. Scesi le scale cauto, non mi fidavo, guai affannarsi nei soccorsi. In pochi minuti tirai fuori l'amico da quella nicchia miracolosa che lo aveva salvato. Il tutto accadde così velocemente che non ebbe neanche il tempo di spaventarsi. Cominciò a capire cos'era successo solo alla sera, dopo il decimo bicchiere al Gallo Cedrone, dove si presentò pieno di cerotti.

«Case sicure, eh!?» brontolai mentre stavo ancora spostando assi.

«C'è da apporre delle modifiche» rispose serafico, nel suo italiano perfetto.

Una volta liberato, lo squadrai. Pareva di gesso, tanto era pieno di polvere. A quel punto non c'era più niente da dire, aveva ragione Mirco: quelle del paese abbandonato sono case affidabili e sicure. In entrambi i casi, non avevano infierito sui loro proprietari, tornati dalle metropoli per una fugace immersione nei ricordi.

12

Letame

Sovente, girando per città e paesi, appaiono scritte vistose, incollate a porte e portoni che dichiarano, senza giri di parole, di acquistare metalli preziosi. "Compro oro" recitano in caratteri piuttosto perentori. Ultimamente, come se gli occulti acquirenti si fossero pentiti della svista, stanno ripescando il fratello minore. "E argento" aggiungono ai cartelli.

Un mio, diciamo, amico, che conosco da quarant'anni ma ho visto poco per via del suo lavoro, qualche tempo fa decise di cambiar vita. Per trenta primavere consecutive partiva dal paesello natio e finiva in Germania, tra le mandibole di una caotica città a produrre e vendere gelato. I soldi non gli mancavano. Di conseguenza nemmeno orpelli, marchingegni e automobili, che il danaro gli forniva con abbondanza e piacimento. Senza contare le case, o meglio, le ville, una qua e una là, sparse dappertutto tra mari e monti. Ma non appariva felice. Sembrava annoiato. Annoiato e stanco. Forse perché il lusso alla lunga non diverte più.

«Fortunati voi» diceva, «che potete stare qui, io sono anni che non godo una primavera nel mio paese.»

I più lo mandavano affanculo. Altri, meno nervosi, rispondevano a tono: «Molla tutto, torna a casa, chi te lo fa fare? Soldi ne hai come ghiaia sul torrente! Puoi vedere tutte le primavere che ti restano».

Lui niente, cocciuto, doveva andare lì, a smerciare gelato, ingrassare e rimpinguare i conti in banca. Ma alla fine si stufò, vendette tutto e tornò a casa. Era agro, disse. Forse della Germania, non di fare soldi. Una volta rientrato, infatti, s'arrovellò per inventare qualcosa a scopo di lucro. Il vizio di accumular denaro, quando uno lo tiene in testa, a un certo punto gli salta fuori e corre, e s'ingrossa come una palla di neve che rotolando fa valanga. Questa valanga, però, se trova un pendio di neve dura, invece che ingrossarsi si assottiglia fino a sparire con un *puff*, come è successo a Icio Duran. All'ex gelataio, incuriosito dai cartelli che dichiaravano di comprare oro, venne l'idea che gli uomini hanno da sempre: sfruttare le idee altrui.

Affittò un locale nella città vicina, circa tre quarti d'ora dal paese, e dopo nemmeno una settimana sulla porta apparve il cartello "Compro oro". Con l'aggiunta "e argento". Un mese dopo: "e metalli preziosi". I soldi per acquistare il prodotto non gli mancavano, ma stavolta, invece di impilare filigrana, voleva accumulare qualcosa di pesante. Non contento, dopo un po' aggiunse al cartello: "e diamanti".

Quando lo venni a sapere, subito mi balzò in testa di esser il suo primo cliente e vendergli la fede di matrimonio. Poi ricordai che, molti anni prima, dopo una rissa consortiva (cioè: con la consorte), me l'ero sfilata e l'avevo gettata nel Vajont perché l'amore si mantenesse lucido, senza rischio di arrugginire.

Dal giorno in cui si mise a comprare oro, il mio, tra virgolette, amico, scoprì realtà fino allora sconosciute. Innanzitutto il valore delle cose, che non si riduce sempre e soltanto a squallida moneta. Poi, quanto era tremenda la vita per molte anime sfortunate. E poi, ancora più importante, quanto era egoista e cinico lui. Ma questo non voleva dirselo. Nei due anni che gestì il negozio dorato, ultimo approdo per i disperati, vide scene di ogni livello morale e cadute terminali senza scampo. Una vecchietta, per aiutare il figlio disoccupato, vendette la catenina d'oro che il marito le aveva regalato cinquant'anni prima. Un'altra donna, senza più una lira, cedette l'oro lasciatole dalla mamma defunta. Mentre posava i gioielli sul banco, piangeva e li baciava uno per uno. E ancora, un uomo arrivò con alcuni monili, ultimi testimoni di un matrimonio andato a rotoli. Li buttò lì con indifferenza, e un cinico piacere negli occhi, come si fosse sbarazzato finalmente di quei ricordi amari. E poi giovani drogati, tossicodipendenti all'ultimo stadio che cercavano di piazzare roba per recuperare delle dosi. Si capiva lontano un chilometro che era merce rubata. Il mio, tra virgolette, amico, raccattava tutto e da tutti, senza manco esigere documenti o carte d'identità.

«L'oro non ha naso né occhi» soleva dire. «E io non ho orecchie» aggiungeva.

Una volta si presentò una vecchietta per vendere un piccolo diamante. Tra la misera pensione e il costo della vita era allo stremo e lo cedeva volentieri. Lo aveva avuto in dono dalla contessa Giuliana Andreotti di Prataccio, padrona di una villa in cima al Passo dell'Oppio, vicino a Pistoia. In quella casa da giovinetta aveva servito per dieci anni.

«Non le dispiace?» chiese il compra-oro.

«No» rispose, «ho scoperto una canzone che dice: "Dai diamanti non nasce niente, dal letame nascono i fior!". Non mi dispiace affatto.»

Un giorno l'amico mi confessò pure la carognata d'aver fatto manomettere il bilancino in modo che gli oggetti pesassero meno di quanto in realtà pesavano. Il più delle volte andavano da lui vecchi al termine dei giorni. Vendevano gli ultimi ricordi perché la pensione non bastava, i pochi spiccioli non reggevano l'urto negativo dell'euro. Pur ignorando l'andamento dello spread, s'accorgevano, questi vecchi, che per loro tutto era diventato difficile. Forse lo era sempre stato.

Una mattina si presentò un bambino sui dodici anni con una collana in mano.

«È di mia mamma» disse al compratore, «mi ha detto di venderla.»

«Dov'è tua mamma?»

«Qui fuori, si vergogna a entrare, dice se può prendere la collana e darmi i soldi.»

L'uomo si alzò e sbirciò dalla porta. La donna stava seduta con la testa fra le mani. Singhiozzava. Uscì e la fece entrare. Questa gli raccontò una storia di violenza e abbandono, miseria e crudeltà. Ma non bastò a intenerire l'ex gelataio. Pesò il monile, lo pagò, lo ficcò in cassaforte e congedò i due. Il bambino seguì i suoi movimenti con occhi attenti. Per un attimo i loro sguardi s'incrociarono. In quel momento il compra-oro si sentì un pezzo di merda, anzi una merda intera. Ricordò il volto di tutti i disperati, passati da lui a posare qualche grammo d'oro su quel banco. Si vergognò e decise di finire lì. Gli occhi del ragazzino lo incenerivano. In pochi giorni chiuse la clinica dell'oro ripulito e tornò ai monti.

Ma non poteva rimanere senza far niente. Inventarsi qualcosa per guadagnar soldi era un bisogno più forte di lui. E lo inventò. Stavolta, però, voleva sporcarsi le mani non più la coscienza. Così comprò trenta vacche da latte, affittò una vecchia baita ricca di pascoli fiorenti, ingaggiò un casaro e si mise a produrre formaggio, burro e tutti i derivati del latte.

D'inverno teneva le bestie in una grande stalla ai margini del paese, d'estate le lasciava nei prati dei pascoli alti. Per smerciare al meglio i prodotti, aprì un agriturismo: gli affari andavano a tutta birra. Teneva prezzi bassi, formula magica in tempo di crisi. Ma c'era un prodotto che gli intrigava e s'accumulava sempre più: il letame. Montagne di letame ormai invadevano gli spazi attigui alla stalla. Che fare? Gli venne un'idea finalmente sua, un'idea di merda.

Il giorno dopo, sulla Statale nei pressi dell'agriturismo, apparve un cartello, due metri per due, con la scritta: "Vendo letame". In cinque anni era passato da comprare oro al vendere letame. Iniziò a presentarsi gente con camioncini, motocarri, moto-ape, trattori e carriole a chiedere escremento di vacca per concimare campi, orti, serre e via dicendo.

Chiedeva due euro a quintale e in breve tempo smantellò concimaie e depositi. Scoprì, con una certa soddisfazione, che faceva pagare il letame più del latte. Altro che idea di merda! Aveva innato il senso degli affari e andava sempre fino in fondo. O di là o di qua, o vincere o perdere, comunque provare. Finora aveva sempre vinto.

Un giorno incrociò altri occhi come quelli del bambino. Erano di una vecchietta con la gerla in spalla che andava a chiedere un po' di letame. Gliene serviva poco. Lo avrebbe sparso nel suo orticello. Da giovane aveva lavorato come portatrice, con la gerla, e dopo sessant'anni usava ancora quel sistema di trasporto. Non voleva però pagare il letame e lo confessò subito.

«Ho pochi soldi, me lo regali?»

«Io non do roba gratis» disse il venditore.

«Non è roba questa, è letame!» rispose la vecchia.

«Se lo vendo va pagato, una cosa che si vende ha un prezzo e quello va pagato» ribatté l'uomo.

La vecchia lo guardò in faccia. Lo guardò con le rughe di un lungo tempo tribolato prima ancora che con gli occhi. Disse: «Lei dovrebbe vergognarsi, questa è pasta della vita, non si deve vendere. Lei è un ignorante, non conosce la canzone di uno che è morto e non la canta più. La conoscono a milioni fuori che lei e tanti la cantano ancora. E la canteranno sempre. Una volta le ho venduto un piccolo diamante, perché ero disperata. Mentre mi pagava, le ho detto le parole della canzone. Ma lei, oltre a essere ignorante, ha la memoria corta, i soldi tolgono memoria. Allora le ripeto: "Dai diamanti non nasce niente, dal letame nascono i fiori!". Lei non dovrebbe farsi pagare una cosa che fa nascere i fiori. Si vergogni». Detto questo caricò la gerla di letame e se ne andò.

Il giorno dopo tornò. C'era ancora il cartello, ma la scritta era cambiata: "Regalo letame" diceva.

Queste parole campeggiavano bene in vista al centro del quadrato. L'ex gelataio stava migliorando.

13

Freno a mano

A Olimpio Riva, oltre che il vino, piacevano le donne e questo è stato detto. Donne veloci, prezzolate, non da star lì a conquistare o, peggio ancora, dover dire "ti amo". Femmine da margini, bordi stradali, cascine abbandonate, viottoli, giardini in penombra, sedili di automobili. Insomma, gli piacevano le puttane e di quelle ogni tanto si serviva. Appena racimolava qualche spicciolo, partiva dal paese in corriera o autostop e si recava nei luoghi di meretricio, a lui ben noti. Li conosceva alla perfezione uno per uno, come il cercatore di funghi conosce i posti buoni, e li frequentava con metodo e costanza. In regione non esisteva posto di offerta-sesso orfano di una sua visita. A volte, ma di rado, cambiava zona, calando verso il Veneto, assai vicino ma meno conosciuto, perciò passibile di inciampi e perdite di tempo. Di solito amava recarsi da solo nei luoghi deputati agli incontri a pagamento ma, se aveva bevuto, gli svaniva la timidezza e non disdegnava compagnie improvvise di bracconieri del sesso come lui.

Olimpio aveva difficoltà a imbastire rapporti normali con le donne. Timido, impacciato, non certo un adone, pancia in fuori, niente fisico da culturista. E perdipiù il vizio di alzare il gomito, cosa poco gradita alle aspiranti matrimonio. Ma non erano quelli i motivi della sua distanza dagli amori regolari. Il problema di tutti i suoi problemi era la madre. Figlio sfortunato di una donna marmorea, levigata da una fede radicale e senza scampo, dove non entrava nulla né trapelava alcunché, Olimpio non poteva nemmeno pensare alle ragazze. Fosse stato per lei, non sarebbe mai uscito di casa. Doveva stare lì, sotto le sue gonne, come un pulcino sotto la chioccia, per l'eternità. La cerbera non voleva nemmeno sentir parlare di donne. Streghe malvagie e peccatrici che avrebbero senza dubbio mandato in rovina l'adorato figlio. Quindi alla larga da lui. Quando era giovane, leggermente più carino, e soprattutto ancora non beveva, Oli aveva avuto delle ragazze con intenzioni serie nei suoi confronti. Ma era stato costretto a scrollarsele via come il cane si scrolla l'acqua dal pelo. Forse erano fuggite in previsione di quella suocera. La signora infatti sovrintendeva a tutto, giorno e notte, controllava, decideva, spiava.

«Quella no, quella nemmeno, quella è troia, quella è sporca, quella è figlia di troia, sua nonna la dava a tutti, era una poco di buono. Via! Via!»

Per fortuna era sorretta dalla fede! Cattolica radicale, praticante, un vero cataclisma. Olimpio, che comunque stravedeva per la madre, nello stesso tempo la odiava con tutto il cuore. La temeva, perciò le era succube. Allora, cercava di ferirla il meno possibile, ma i piaceri della carne a volte reclamavano parti di filetto, soprattutto in lui che desinava solo e sempre a secco.

Una sera, un ciuffo di amici, tre per l'esattezza, lo invitarono a Udine per incontrare donne facili. Facili per loro, non certo per lui che non teneva una lira. Il facile diventa difficile se a deciderlo è un portafoglio vuoto.

«Te la paghiamo noi» disse con la solita spocchia Ostelio Coda.

«Allora andiamo» rispose Olimpio, lustrando i suoi occhietti furbi, «se paghi tu non c'è problema.»

Partirono a bordo della gloriosa Simca 1000 del Coda, che faceva il pilota. Sul sedile davanti Olimpio, dietro presero posto due pastori cinquantenni della val Mistrona. Ceffi da paura che non aprivano mai bocca, al pascolo montavano le pecore e non andavano certo per il sottile di fronte a povere anime costrette a vendere il loro corpo. I quattro erano in anticipo sugli orari delle signore facili, perciò fecero tappe nelle osterie del percorso. A quei tempi si poteva pilotare anche sbronzi e, se fosse comparso l'etilometro, non avrebbe guidato più nessuno. Il pericolo, anche allora, era quello di oggi: fracassarsi il muso. A Dignano, si fermarono da Rico, per l'ennesimo bicchiere. Oli cominciava a dondolare, ma lucidità e brio ancora lo sostenevano. Dopo l'ultima fermata all'osteria Là di Moret, arrivarono sul luogo deputato agli sfoghi. Stava nella vicina periferia di Udine, al bordo della città come al margine di una radura. Era una zona alquanto lugubre, per niente frequentata, lungo una strada in leggera discesa, all'inizio della quale, sotto un muro di cemento, sostava in perenne attesa il Mercedes della meretrice. Signora opulenta, sui cinquanta, per nulla attraente, abbastanza sfatta e molto volgare. Tipo perfetto per soddisfare quattro cervelli grezzi, calati a valle a scopo sessuale. La conoscevano, erano clienti abituali, con lei

potevano esprimersi senza essere inceppati dalla bellez-
za. Quei quattro lì, ricchi di problemi, miliardari di com-
plessi nei confronti del sesso, sceglievano prostitute a fine
carriera: brutte, vecchie e sboccate. Con quelle riuscivano
a concludere, con le carine invece si bloccavano, pieni di
insicurezze e inibizioni. Le bellezze mozzafiato avevano
il potere di stenderli e ridurli come lumache. E c'è da dire
che, in caso di fallimento, i due della val Mistrona potevano diventare pericolosi. Di quelli non c'era da fidarsi per
nulla. I fiaschi li spingevano a reazioni violente e bruta-
li: potevano arrivare fino a stringere il collo alle bellezze.
Con donne prezzolate, vecchie e brutte, invece, funziona-
vano. Forse perché si sentivano pari a loro.

Quella sera quindi, a turno, sfogarono gli istinti liberando
i semi, prima i due della val Mistrona e poi Ostelio Coda.
Uno alla volta, veloci e guardinghi, espletarono dentro la
carlinga della Mercedes. Olimpio stava in disparte. Quando toccò a lui, manifestò il desiderio di farlo all'aperto, in
piedi, sul piano del bagagliaio. Forse soffriva di claustro-
fobia o più semplicemente non voleva intrappolarsi con
le gambe. La cortigiana disse che per lei andava bene e si
piazzò sul retro. Intanto dall'abitacolo sortì il Coda e s'allontanò con gli altri poco distante, aspettando che Olimpio finisse.

Dopo nemmeno due minuti udirono un fruscio. S'aspettavano l'amico, invece arrivò la Mercedes intera. Quell'animale del Coda, prima di uscire dall'abitacolo, aveva mol-
lato il freno a mano. Quando Olimpio iniziò l'amplesso,
l'auto si mosse. All'inizio impercettibilmente, poi sempre
più veloce. Oli se ne accorse ma non volle retrocedere. Se-

guitò a muovere i lombi svelto come un coniglio. Aveva appena cominciato ma era un amante sbrigativo, tre colpi e via, avrebbe finito. La strada però era in discesa e ciò rese inevitabile la comica. I tre che si erano già sfogati assistettero a una scena memorabile.

Olimpio, con passettini veloci, il massimo concesso dai pantaloni calati, cercava di contrastare il movimento dell'auto saltellando e dando colpi confusi come una marionetta. Senza peraltro staccarsi dalla preda. La quale, rinculava anch'essa a passettini per non cadere dal bagagliaio. Ma, anche se blanda, la velocità della Mercedes era pur sempre troppa per la posizione dei due. Olimpio Riva fu costretto a sfilarsi, suo malgrado. Finì con le mani a schiaffeggiare l'asfalto, pantaloni alle caviglie e culo in aria. La signora rimase sulla carrozzeria, braccia aggrinfate ai bordi e gambe larghe, fino all'arresto del mezzo contro un palo del telefono.

Oli si raccolse dall'asfalto e, lancia in resta, avanzò affannato a riprendersi quel che aveva pagato e gli era sfuggito per pochi secondi. Ma la signora a quel punto ne aveva abbastanza. Disse «alt» e lo respinse. Le regole erano chiare: una volta uscito di tana, il tasso non aveva più diritto accedervi. A meno che non pagasse di nuovo. Ma Oli non aveva soldi e i tre, per lui, non avrebbero sborsato più una lira.

Olimpio s'avvicinò alla donna e disse: «Finisco in un lampo».

«La prossima volta!» sibilò la signora.

14

Patente

Questa l'ho rubata all'amico Piero Caporal, è giusto che si sappia. È stata, ovviamente, modificata e arricchita.

Luigi Canto detto Gigi era stufo di pigliare freddo, pioggia, vento e neve cavalcando il motorino in ogni stagione. «Compra una macchina» gli suggerì l'amico Rico Colfós detto Ricolfo, che l'auto guidava da tempo.

Canto aveva quarant'anni quando, dopo le parole di Ricolfo, maturò la convinzione di fare la patente. Era un'anima semplice, vergine come neve appena caduta, infatti gli piaceva sciare. Sul parafango posteriore del motociclo, aveva fatto saldare due ganasce alle quali legava gli sci in verticale quando si recava a fare slalom nelle stazioni del bellunese. Nevegal e Zoldo Alto erano le preferite. Disdegnava Cortina. Nella "perla" circolavano auto di lusso, il suo motorino poteva dar fastidio. Montava speciali ruote chiodate, che gli permettevano di scorrazzare d'inverno, imbacuccato come un astronauta, guanti compresi.

Anche lui, come Olimpio e molti altri, teneva vizio di alzare il gomito. Parcheggiava davanti ai bar nei mesi freddi, entrava e si metteva a bere togliendo solo un guanto per sollevare il bicchiere e cavare i soldi di tasca. Sudava e beveva, beveva e sudava. Pareva un orso nella tana. Usciva, montava sul cavallo d'acciaio e partiva.

Dentro, fioccavano scommesse: «Cade? Non cade? Una birra che si ribalta. No, una che ce la fa».

A volte vinceva il primo, altre il secondo. Luigi Canto però tornava sempre intero, non si faceva mai troppo danno. Ma alla fine, stufo di bagnate e colpi, si iscrisse a una rinomata scuola guida di Maniago, città dove fanno coltelli.

Iniziò ad applicarsi seriamente. Studiava a casa e poi si recava laggiù, nella patria delle lame, pilotando impassibile il motorino sotto la pioggia e sotto tutto quel che cadeva dall'alto. Anche un sasso che piombò da una scarpata e gli fratturò il mignolo. "Ancora poco" pensava, "e non tribolo più." Frequentò con diligenza e profitto finché arrivò il giorno degli esami. Prima la teoria, che superò con qualche fatica, poi la guida.

Il giorno della prova al volante, si presentò di buon'ora nell'ufficio. Era il primo. L'impiegata lo pregò gentilmente di accomodarsi nell'auto, già pronta in cortile, e aspettare che arrivasse l'ingegnere. Canto Luigi obbedì, uscì, e si piazzò al posto di guida. Era un po' teso ma, in virtù di alcuni calici di bianco, assai determinato.

Di lì a poco arrivò un signore, giacca e cravatta, circa l'età del Gigi. Aprì la portiera e sedette al posto passeggero.

«Buongiorno» disse.

«Buongiorno» rispose Canto.

«Partiamo?» chiese il nuovo arrivato.

«Partiamo» disse Canto. S'avviarono. «Dove andiamo?» domandò Canto.

«Per me fa lo stesso, veda un po' lei.»

Partirono. Canto girò un po' per la città cercando di mettere la massima attenzione alle manovre. Rispettava gli stop, usava le frecce, dava precedenze, lanciava colpi di clacson quando serviva. Insomma, si impegnava più che poteva in modo che l'ingegnere, seduto a fianco in rigoroso silenzio, rimanesse persuaso che l'allievo ci sapeva fare. Filarono via così per dieci minuti buoni finché il passeggero non si rivolse a Canto e disse: «Scusi, ingegnere, lei la patente ce l'ha già, faccia guidare me che devo far l'esame».

Canto sussultò sgomento, arrestò il mezzo su un'aiuola. «Ma come» farfugliò, «l'ingegnere è lei o no?»

«No, io sono l'allievo, pensavo fosse lei l'ingegnere.»

«Anch'io son allievo e pensavo fosse lei l'ingegnere!»

Era successo che l'impiegata, al secondo esaminando arrivato in ufficio, aveva suggerito la stessa mossa consigliata a Canto. Usò pure l'identica frase: «Vada fuori, s'accomodi in auto e aspetti».

E così l'equivoco per poco non si trasformava in qualcosa di più serio, visto che entrambi non erano di certo Schumacher.

Poco dopo, Luigi Canto ottenne la patente, comprò una Cinquecento ed ebbe modo di rifarsi. Se quel giorno remoto dell'equivoco tutto finì bene, in seguito le cose non andarono sempre lisce. Alla fine, complici le leggi in materia di guida in stato di ebbrezza, la patente di Canto è tornata nelle sedi da dove era partita. Non prima di aver permesso al nostro di collezionare una serie di episodi spassosi e tragicomici originati dal suo stile di guida.

Una volta mise in moto per andare a sciare a Piancavallo. Teneva una tale sbronza che non s'accorse d'aver legato gli sci di traverso sul portapacchi della macchina. Partì. Alla prima strettoia di Montebosco, lasciò sull'asfalto sci e portapacchi. E nemmeno si fermò.

Un'altra volta, falciò un gregge di pecore. Il vetro anteriore volò via e si trovò in braccio un agnellino terrorizzato.

Un giorno che invece doveva comprare fiori per la mamma defunta, non riuscì a frenare in tempo ed entrò con la macchina nella serra, distruggendo un bel po' di piante. La padrona chiamò i carabinieri. Canto cercò di discolparsi accampando la scusa che un'auto l'aveva abbagliato. I tutori della legge gli fecero notare che erano le undici di mattina, non era possibile l'avessero abbagliato. A quel tempo, di giorno, si guidava ancora a fari spenti.

Un'altra volta ancora si cappottò con dentro una damigiana di rosso legata sul sedile posteriore. Uscì carponi, indenne, zuppo di vino dentro e fuori.

Le avventure a quattro ruote di Luigi Canto sono così tante che a contarle ci vorrebbe un volume. Ma una ancora ci sta. Voleva andare a messa e non trovava parcheggio, allora entrò in chiesa con la Cinquecento attraverso la porta spalancata per la processione della Madonna d'agosto. Lo arrestarono.

Ora non guida e non beve e non scia più. Si gode l'avanzare dell'età che avanza riducendolo. Infatti è diventato minuscolo come se la vita abbia voluto nasconderlo dai ricordi che lo rimproveravano per tutto quel che aveva combinato. Ogni tanto legge qualche giornale e dalla finestra di casa osserva le auto passare e i tramonti.

15

Denaro investito

Avevo un amico che faceva il camionista. Ora non c'è più. Tanti non ci sono più. Il mosaico degli amici perde tessere velocemente. Fare l'elenco sarebbe triste. Non serve stilare l'inventario degli assenti, gli spazi vuoti sono troppi ormai. Venanzio Lima stava in uno di quegli spazi. Era uomo corpulento, grande e grosso. E buono. Di una bontà generosa da rasentare l'assurdo.

Questi racconti definiti allegri forse non hanno niente di allegro. Ricordano gente semplice, vissuta senza luci di ribalta, passata al buio del mondo in silenzio. Come Venanzio Lima detto Vena.

Faceva, come s'è detto, il camionista, viveva solo e disponeva di parecchio denaro. Quando non guidava, s'abbandonava alle bevute. Pur campando in solitudine, aveva alcune sorelle che gli rompevano i coglioni. Tre, per l'esattezza, due sposate, una no. Le coniugate lo infastidivano meno, forse perché felicemente appagate, ma l'ultima, quella nubile, glieli rompeva davvero!

Venanzio viveva secondo il ritmo delle giornate, come il sole che s'alza e tramonta. Finito il lavoro, girava per osterie, giocava a carte e, dove si poteva, a morra. Parlava poco, ascoltava. Sono rari coloro che sanno ascoltare. Lui era uno speciale. Se non trovava compagni per le carte, si limitava a spiare quelli che giocavano. Senza aprire bocca. Era, come s'è detto, generoso, virtù rara, in via d'estinzione. Se scopriva un povero diavolo senza una lira, gli regalava qualche banconota. Regalava, non prestava. E non voleva nulla in cambio, non era un usuraio.

«I soldi si regalano, non si prestano» diceva. «Si presta la moglie, non i soldi» ribadiva.

Forse perché non ne aveva una. Ma, conoscendolo, di sicuro avrebbe ceduto anche quella. Per essere generoso, aveva dilapidato somme consistenti, elargite a gente che non si degnò neppure di ringraziarlo. Ma non se la prendeva. Quando li incrociava, costoro cercavano di svincolare, mentre lui li salutava con affetto. Se li trovava in osteria, pagava loro da bere. La sua casa era porto di mare. Tutti andavano e venivano, a ogni ora. Quando stava in luna buona, cucinava grandi pignatte di spaghetti anche se l'ospite era uno solo. Minimo mezzo chilo, la misura per lui giusta. Se era il caso aumentava. Quante volte ho mangiato e dormito da lui, certe notti che come al solito non riuscivo a tornare in paese deambulando. Venanzio mi voleva bene, spesso fornì le mie tasche di qualche lira quando mi trovavo a vuoto e steso sul lastrico dei bar. Non grosse cifre, ma puntuali. Quando servivano. Per questa generosità priva di secondi fini, le sorelle lo rimproveravano. Specie quella senza maschio.

«Butti denaro come foglie al vento!» sbraitava. «Gli altri se la godono, ti sfruttano e tu li assecondi come un tordo!

Sei un coglione! Fatti furbo! Investi i soldi, compra qualcosa, un campo, un bosco, un'auto nuova, un camion!»

Venanzio, che aveva una vecchia Seicento Multipla color verdolino, rispondeva che la sua macchina andava da dio e il camion pure. Era un Leoncino[1] rosso con il quale trasportava di tutto: ghiaia, legna, sabbia, damigiane di vino, sacchi di farina. Parlava al mezzo come si parla a un essere umano. Diceva che il suo camion lo portava a casa sempre, in ogni frangente. Anche se il pilota aveva bevuto. Il Leoncino conosceva le osterie, davanti a ognuna si fermava da solo. A quei tempi esistevano anime così, semplici e ingenue. Anime che davano vita ad attrezzi e marchingegni e tenevano allegra la gente. Era la solitudine a far conversare il Vena col Leoncino e la Seicento Multipla. Resta il fatto che, nonostante tutto, viveva pacifico e solenne nel suo portamento di grande larice piantato sul costone precario dei giorni. Nonostante un carattere docile e un'esistenza tranquilla, ravvivata nei fine settimana da sostanziose bevute, quando incrociava le sorelle Venanzio s'adombrava. Ogni volta lo attaccavano sullo spreco incauto che faceva del denaro e sul fatto, secondo loro gravissimo, che non lo mettesse in banca o lo tenesse più da conto.

«Venanzio, i soldi va risparmiati!» sbraitavano.

«Infatti» rispondeva, «coloro a cui li do li risparmiano di sicuro, perciò i miei soldi li risparmio tutti.»

Quella senza marito era la più asfissiante.

---

[1] Camion degli anni Sessanta, non molto grande.

«Disgraziato! Stupido! Cretino! Investi quei soldi, non buttarli così!»

«Trovati un maschio» rispondeva il fratello con la faccia torva, «uno buono di coda, che ti calmi.»

Ma un giorno si stancò. Era venerdì pomeriggio di un luglio bollente. Venanzio aveva bevuto. Non da solo. Con un gruppo di sfaccendati ai quali pagava da mangiare e bere dal mattino nell'osteria La Trota, dove ogni venerdì arrostivano pesce. La sorella se ne accorse e si catapultò a redarguirlo. Dopo una sfuriata, che abbatté il morale agli amici sfruttatori, la nubile puntò il fratello.

«Vieni via da qui, vai a casa, molla questi fannulloni, ti succhiano il sangue e basta!»

L'oste, con la pancia che debordava dal banco, intervenne.

«Lascialo stare, Ciùta. Lascia che faccia a modo suo, non è mica un bambino.»

Non l'avesse mai detto!

La donna attaccò: «A te ti viene comodo che si mangi anche i coglioni, vero? Ci guadagni tu, e metti via i soldini. Ti sei comprato due case e una campagna coi fessi come Venanzio! Sei furbo tu, i soldi li tieni da conto, lui invece li regala, non li investe come te».

Il Vena ascoltava. Quando Lucia, detta Ciùta, ebbe finito la rampogna, parlò. Fissando con sguardo omicida la sorella disse: «Hai ragione, i soldi vanno investiti».

Palpò nelle tasche dei pantaloni e cavò alcune banconote. Erano circa centomila vecchie lire. Uscì dall'osteria e le infilò sotto un vaso di gerani, posto su una sedia di fronte al muro del parcheggio. Con agilità insospettata per la sua stazza, saltò sulla Seicento Multipla, mise in moto, ingranò la prima, accelerò al massimo e la diresse come una locomotiva verso la sedia col vaso di fiori. Si udì uno schianto che tremarono i vetri, le trote del vascone schizzarono fuori dall'acqua come quando saltano per catturare insetti nei laghi. Non ci fu neanche tempo di rendersene conto che Venanzio era di nuovo in osteria, il naso sanguinante per il colpo contro il parabrezza e un ghigno truce sulle labbra. Si pulì con la manica della camicia e, rivolto alla sorella, disse: «Ecco, adesso li ho investiti».

La donna capì l'antifona e si dileguò. Venanzio Lima non cambiò mai il suo modo di vivere né di esser buono e generoso. Si spense a settant'anni per una malattia che lo divorò in poco tempo. Ha lasciato di sé un bel ricordo.

La gloriosa Seicento Multipla del Vena, dopo anni di oblio in un polveroso deposito di utensili abbandonati, è finita in mano a Elio Penna, scrupoloso e appassionato collezionista di auto d'epoca di Bardalone, in quel di Pistoia.

16

Trota fuori misura

Per alcuni anni, forse una decina, quando ero giovane e avevo a cuore il tempo libero, ho tenuto la licenza di pesca. Quella di caccia non potevo. Avendo subito tre processi per bracconaggio non me l'avrebbero più data. Mi piaceva, soprattutto d'estate, cavar le trote dalle pozze inquietanti del Vajont, lungo la valle omonima, che si snoda per chilometri, contorta e misteriosa, fin sotto le lame acuminate delle cime di Pino e del Col Nudo.

Andavo con gli amici Sepp, Carle, Rico, Ernesto Galota e altri. Se non eravamo in baruffa, anche con mio padre. Ma durava poco, litigavamo subito, lì sul posto. Si pescava pure in ciò che rimane del bacino formato dalla diga. Ma restava ben poco dopo la tragedia del 9 ottobre 1963, dove duemila persone entravano nel nulla per ambizione e interesse altrui.

Ai giorni nostri, le ghiaie di risulta sono avanzate a grandi passi come un deserto bianco, inesorabili e veloci, alzando il greto di un centinaio di metri. L'acqua superstite, di quella che fu la più alta diga del mondo, è stata assorbita fin quasi a scomparire. Oggi, dopo cinquant'anni dalla tragedia, di quel mare di vanità è rimasto un fosso patetico e dimenticato, destinato a sparire del tutto.

Da ragazzo andavo a pescare alle remote sorgenti del Vajont col vecchio Celio. Invece della canna da pesca, il bracconiere dagli occhi tristi usava dinamite. Mentre annegava l'esistenza in un Vajont personale di alcol e solitudine diceva che nella vita non bisogna perder tempo. Devo a quell'uomo difficile, dal carattere chiuso e dolce, cinico con se stesso fino alla crudeltà, alcuni degli anni più intensi e belli di quella bomba innescata chiamata giovinezza. Vi sono persone speciali che hanno accompagnato la nostra infanzia e dopo sono morte. E ora che siamo vecchi anche noi tornano a sfiorarci come colpi di vento. Sollevano foglie, scoprono radici di dolcezze dimenticate. Figure lontane, sepolte nella polvere del tempo. Anime che non si possono toccare se non con la mano del ricordo. Al loro posto verranno altri, forse quegli altri siamo noi stessi. È la rotazione inarrestabile della vita, sempre pronta a togliere e sostituire. Ma alcuni amici è difficile rimpiazzarli. Essi rimangono appesi al soffitto della memoria, ragnatele tenaci e polverose che solo il soffio della morte potrà tirar via. Celio è uno di loro.

Ma torniamo alle trote.

Subito dopo il Vajont, nella valle era piombata l'anarchia. Per un certo periodo non regnò alcuna legge. Si poteva cacciare senza licenza, pescare e far saltare ciocchi con la dinamite, guidare ubriachi, giocare a morra nei bar, accoltellarsi, eccetera. Fummo liberi per così tanti anni che quando, seppur timidamente, s'affacciò di nuovo la legge, restammo fortemente sbilanciati. Fioccarono le prime multe per alcuni che avevano abraso il numero di matricola dalle armi, anche processi. Come rondini a primavera, tornarono guardiacaccia e forestali con la seria intenzione di mettere ordine.

Quando si andava a pesca, diciamo così, libera, le trote sotto misura, anziché rimetterle in acqua come regolamento vuole, le arrostivamo in loco. Arroventata sul fuoco una lastra di saldan, ci buttavamo sopra le trote che venivano di squisitezza ignota agli avventori di ristoranti e pescherie. Portavamo una boccetta d'olio, sale, pepe e il banchetto era pronto. E vino. Quello non mancava mai. Più volte ci siamo sbronzati laggiù, sulle rive del Vajont, senza poi farcela a risalire in paese. In previsione di questi accidenti, il povero Sepp aveva costruito una baracca di tronchi dove ripararci. Nei casi peggiori, passarvi la notte. Quante volte ricordo quei momenti all'aria aperta, legati dall'amicizia, ravvivati da cose semplici e belle perché improvvisate sul posto.

Allora, dicevamo, quando tornò ad affacciarsi la legge, come tornarono gli alberi nella valle disossata, rimanemmo sorpresi. Ciononostante, seguitammo a combinare scappatelle e malegrazie collezionando indagini e attenzioni da parte delle forze dell'ordine. Qualcuno più sfigato pagava, altri no. Col tempo pagarono tutti.

Una volta calai a pescare nell'acqua rimasta della diga con Carle, Sepp ed Ernesto Galota. Ernesto era uno di sani principi morali ma non riusciva a farsi bastare le cose. Pigliava dalla natura più che poteva come Gelmo Canton. Se c'era d'andare a rane, ne voleva mille al posto delle trecento che servivano. A lumache uguale, così per funghi, erbe, selvaggina, trote, donne e tutto ciò che si poteva razziare.

«Basta Ernesto!» gli dicevo alle tre di notte, coi sacchi pieni di rane e il carburo delle lampade che stava per finire. «Ancora qualcuna» rispondeva. Ma non frenava. Dopo quella qualcuna, ancora un'altra e due, dieci. Finché lo mandavo a cagare e tornavo da solo.

Il Galota era più vecchio di me e da vecchio si vestiva. Giacca di fustagno, pantaloni di fustagno, pareva di fustagno pure lui. Scarponi estate e inverno e l'eterno cappello sulla testa lucida e bislunga.

Quel giorno, laggiù al lago rimasto del Vajont, arrostimmo e divorammo una ventina di trote. A quei tempi il numero di catture consentito a ogni pescatore era cinque. Ciascuna doveva misurare almeno ventidue centimetri. Galota, le sue cinque le teneva già in canestro. Ma non voleva arrendersi! Seguitò a pescare. Quelle che catturava le facevamo alla piastra divorandole subito per non lasciare traccia. Ma una traccia restava comunque, era l'odore.

«Basta Galota, non c'è più fame» dicevamo a turno.

Niente da fare. Ernesto non mollava. A un certo punto ne tirò fuori una giusta. Ne aveva cinque ma ne voleva sei. E poi sette e via così. Svelto la staccò dall'amo e le piegò la testa all'indietro per ammazzarla. Era il sistema più drastico. In quel momento, sbucò dal sentiero il primo guardiapesca. Poi il secondo. Ernesto Galota se ne accorse, si girò di culo, ma ormai non faceva in tempo a nasconderla. Erano troppo vicini. Stando voltato finse di grattarsi la testa, ficcò la trota sotto il cappello e lo calcò per bene. Poi si mise a chiacchierare con noi. I guardiapesca notarono il braciere con la lastra che sapeva di pesce arrostito, ma chiusero un occhio. Con quello aperto, invece, vollero vedere le licenze. Uno per uno, fino al Galota. Il quale esibì il permesso proprio nel momento in cui la trota sul capo ebbe l'ultimo sussulto di vita. Lanciò una codata che gli fece volare il cappello scoprendo il suo cranio lucido e bislungo, prima di cadere in terra nello spasmo finale. Impegnato con le mani sul documento, il grande Ernesto Galota non riuscì a tener fermo il copricapo. Così finalmente beccò quella multa che per tanto tempo s'era tenacemente cercato. E non fu la sola. Infatti aveva la licenza scaduta, motivazione perfetta per un'altra sanzione. Poi i tutori vollero vedere còsa c'era sugli ami scoprendo che il Galota pescava con larve di carne putrefatta, esche rigorosamente proibite. Infine da ultimo, come ciliegina, s'accorsero che aveva in armo cinque canne anziché le tre consentite. Quattro multe a questo punto potevano bastare.

Alla sera, nell'osteria Pilin, commentando la faccenda con numerose bestemmie, disse: «Quelle trote lì mi costano più che non un barile di "gaviale" del Volga». Disse proprio gaviale.

17

Pentimenti

Conoscevo, e gli ero amico, un boscaiolo-cacciatore, un po'
filosofo, di carattere schivo e solitario, caustico da corrode-
re la pietra, acuto nei giudizi, tagliente nelle risposte e non
privo di una certa cultura. Efisio Canal aveva cinquanta-
cinque anni ma ne dimostrava il triplo. Era dotato anche
di molti pregi che invece non dimostrava. Tra i difetti, per-
seguiva implacabile la scelta di eliminare senza mezze mi-
sure tutto ciò che lo deludeva. Donne comprese. Drastica-
mente, senza pensarci un secondo. Niente grigi, né misti,
né titubanze, o così o colà: o bianco o nero. Voleva liberar-
si anche della moglie. Era una donna rompicoglioni. Posso dire che non era la sola. A onor del vero, anche i mariti
sono rompicoglioni. I più, si rivelano gelosi, possessivi, in-
sicuri, vanitosi, a volte violenti e meschini. E poi intrigan-
ti, egocentrici, intrattabili, invidiosi e fifoni. E allora perché consumare quel dolore surgelato che si scioglie subito
dopo, chiamato matrimonio? L'amico boscaiolo e cacciatore andò dal prete che lo aveva sposato e, molto piano, gli
disse che doveva "disposarlo", liberarlo cioè dal vincolo
matrimoniale.

«Non si può» rispose il parroco.

«Come no? Allo stesso modo che lo ha fatto, lo può disfare. Si disfa pure un gomitolo di filo dopo averlo fatto.»

«Impossibile, il matrimonio si scioglie solo con la morte.»

«Allora devo ammazzarla?»

«No, no, si calmi, non faccia sciocchezze. Se proprio è tanto stufo la allontani.»

«Ho provato a spingerla via, è finita rotolando in fondo alle scale ma è tornata su. Quella torna sempre, è come un elastico.»

«A sto punto non so cosa dirle» rispose il prete.

Allora s'allontanò lui, risultò più facile.

L'amico lavorava da mattina a notte, solo e tranquillo. Fu uno dei primi a dotarsi di motosega, una Dolmar che, a serbatoio pieno, pesava diciotto chili. Si poteva udire il gracidare del motore sulla montagna a ogni ora del giorno. Quello era il segnale che lassù, nei boschi alti, Efisio Canal faceva legna. Dopo il distacco dalla moglie, senza ausilio di avvocati o scartoffie, era andato a vivere in una casa ai margini della radura dove la carrozzabile in terra battuta finiva contro un larice. Luogo da paradiso ma un po' fuori mano ed Efisio non aveva alcun mezzo di trasporto, tranne le gambe.

«Comprati un'automobile» consigliò qualcuno.

«Non ho la patente.»

«La fai.»

«È difficile, non sono adatto a studiare.»

Siccome c'è sempre gente che elargisce consigli non richiesti, qualcuno gli suggerì di prendersi un motorino.

«Con quello non serve patente» sentenziò il consigliatore.

Efisio rifletté. Alla fine convenne che il tizio aveva ragione e s'adoperò per acquistare un motociclo. Gli dissero che a Belluno vi erano due negozi buoni ma uno migliore lo poteva trovare a Maniago. Efisio era una gran brava persona ma, come ogni buon solitario e per di più divorziato, teneva vizio di alzare il gomito. Non sempre. Solo la domenica, dopo una settimana di motosega. Allora era facile trovarlo in osteria, pieno come un uovo, che cantava una canzone inventata da lui:

> *Vado nel bosco, vado da solo*
> *crepo da solo, come il cucù.*
> *Chi va nel bosco e fa legname*
> *crepa di fame, come il cucù.*
> *Vado nel bosco a fare legna*
> *viva la fregna, morto il cucù.*

Alla fine cedette alle lusinghe dei consigli, montò in corriera e si recò a Maniago al rinomato negozio Pontello & C. Ma una volta entrato, gli sorse qualche dubbio. Al che, il venditore gli fece una domanda a bruciapelo: «Sa andare in bicicletta?».

«Certo.»

«Allora può andare anche in motorino, anzi è più facile, non serve nemmeno pedalare.»

Comprò un modello "Cacciatore" della Guzzi, munito di porta pacco posteriore. "Ci metto zaino e motosega" pensò. Pagò sull'unghia, in contanti, lira su lira, come suo costume. Il negoziante lo informò che, volendo, poteva saldare a rate, ma Efisio disse no.

«Il motorino lo porto via intero, non a pezzi, e allora il conto va pagato intero non a pezzi.»

Era uno dei suoi balordi principi, e come vedremo non il solo.

Il padrone gli impartì qualche rudimento di guida e gli mostrò le manovre principali. Poi compilarono le scartoffie di prassi e il boscaiolo partì. Per strada, cadde tre volte. Era sabato, lungo il tragitto Efisio si fermò nelle osterie della Valcellina. Le passò tutte ed erano parecchie. Per questo cappottò alcune volte. Arrivò a casa un po' ammaccato, ma si trattava soltanto di graffi. L'indomani, domenica, riprese a festeggiare. Come usa dire "bagnò il motorino", ossia pagò da bere agli amici per il nuovo acquisto. Ma bevve anche lui e quel giorno esagerò. Tornando a casa finì a terra quattro volte. Finalmente arrivò alla baita, sbucciato e contuso, ma senza robe serie e parcheggiò il mezzo buttandolo addosso al larice e filò a nanna.

Il giorno dopo, lunedì, di primo pomeriggio Efisio Canal inforcò il motociclo e lo diresse verso Maniago. Arrivò al negozio dove solo due giorni prima aveva fatto l'acquisto. Cercò il padrone e lo trovò.

«Sono qui per darle indietro il motorino» disse.

«Ma come? Che vuol dire? Che succede? Non son cose da fare, doveva pensarci prima, io i soldi non li posso restituire.»

«Non ho detto che voglio i soldi» brontolò Efisio, «ho detto che le riporto il motorino. E ripeto, non pretendo nemmeno una lira.»

Il venditore, sbalordito, non poté fare a meno di notare alcune ammaccature sul motociclo.

«Ma scusi» disse, «mi vuole spiegare cos'è successo e perché questa decisione?»

Efisio rispose serio: «Ho scoperto che questo trabiccolo è ribaltabile, se lo tenga». Ciò detto, salutò e se ne andò.

Un'altra volta mio padre lo convinse a munirsi di un fucile come il suo, un Magnum 300 con pallottole da undici grammi. Roba da buttar giù elefanti, esagerato per cacciare camosci. Mio padre voleva sempre strafare, specie là dove non era necessario. Ma siccome mal comune è mezzo gaudio, convinse Efisio a comprare il 300 Magnum come il suo con binocolo Zeiss montato sulla canna. L'affare avvenne ancora a Maniago, città fatale per Efisio, che acquistò il fucile dalla rinomata armeria Corrado Piazza, tuttora in servizio. Come suo costume, pagò in contanti.

La prima battuta col cannone avvenne a novembre nella valle del Vajont. C'erano mio padre, Palan, Celio, Ota e Bortol della Taja. Il camoscio maschio si stagliò di fronte Casera Carnier, a trecento metri di distanza. Toccava a Efisio inaugurare l'arma. S'appoggiò alla forca di un albero, puntò e sparò. Il camoscio andò giù fulminato. Anche Efisio andò giù. Il rinculo lo stese all'indietro come lo stendeva il motorino. Il binocolo gli spaccò un sopracciglio per cinque centimetri. Si sollevò, asciugò il sangue e non parlò. Lo medicarono alla meglio. Col camoscio in spalla e il dolore in testa tornò a casa. Gli altri seguitarono a cacciare.

Il giorno dopo, di buon'ora, era a Maniago, da Corrado Piazza.

«Buondì.»

«Buondì.»

«Che novità?» domandò l'armaiolo.

«Sono venuto a ridarle il fucile.»

«Come? Non funziona? C'è qualcosa che non va?»

«No, no, va bene tutto, per quello va tutto benissimo.»

«E allora?»

«Allora niente, le riporto il fucile.»

«Ma io non posso renderle i soldi» disse Corrado, «le darò altra merce, quello che vuole.»

«Non voglio niente, nemmeno le stringhe per le scarpe.»

Il Piazza, sbalordito più che mai, seguitò: «Scusi, ma posso almeno sapere perché non vuole il fucile?».

«Perché quando spari con questo, cade il camoscio ma cade anche il cacciatore.»

Salutò e se ne andò.

Era fatto così, puntiglioso e orgoglioso, il buon Efisio Canal. E, forse, anche un pochino tonto.

18

Questione di spazio

Un giorno di un novembre ormai lontano, c'era d'andare a lepri sulle balze del Borgà. Si cacciava spesso quelle bestiole timide e svelte, fatte di carne essenziale, che lassù, d'inverno, mettono un pelo bianco come neve e per questo vengono chiamate lepri bianche. A vederle paiono normali, ma sono più sottili e più timide delle sorelle di bassa quota. Vivono in alto, intorno ai mille e otto e, se spaventate, fanno balzi di traverso da sbalordire. Nella stagione fredda si cacciavano a lungo, fino a maggio. Non solo per la carne ma per la pelliccia candida, che veniva venduta a buon prezzo. Conciata a dovere, serviva per confezionare guanti e giubbottini alle ragazze o alle donne da marito. Non era difficile, prima del Vajont, vedere le spose d'inverno entrare in chiesa indossando giubbottini di lepre bianca. Una delle zampette anteriori, opportunamente seccata, offerta a una pulzella doveva propiziarne l'amore e far sì che prima o dopo entrasse in chiesa col pellicciotto bianco al braccio del donatore. Non sempre succedeva, per fortuna. Anche perché non circolava-

127

no molti galantuomini romantici, di solito i pretendenti andavano più per le spicce.

Quella volta alle balze ossute del Borgà, che guatano il paese lontano, con le loro mandibole di calcare bianco come pronte a divorarlo, erano in cinque. Celio, Bortol della Taja, Zuan Pez Piciol, Palan e Francesco Costantina. Partirono all'alba di un giorno sereno che faceva ancora buio. Era novembre, di preciso verso il quindici. La luce del primo mattino colava sui tetti del villaggio con passo tardivo. Gli uomini schiarivano il sentiero usando lampade a carburo. Sui ciottoli delle rampe, luccicava la brina come polvere di zucchero. Stava per arrivare l'inverno e quelli erano i segnali. Anche se il sole abbronzava ancora debolmente la schiena curva della giornata, la passiflora odorava di sterco, le bacche marcivano sui rami tra il disappunto dei merli. E laggiù, dove il torrente si torceva nella gola del Vajont, i comignoli dei tetti mandavano spirali di fumo.

Era l'alba di un autunno d'altri tempi. La valle sonnecchiava nel palmo della terra, la gente si svegliava per il lavoro, l'inverno spiava da lontano cinque uomini silenziosi che salivano lentamente alle balze del Borgà. Anche i cani tacevano. Come a risparmiare fiato per dopo, quando sarebbero filati a rotta di collo dietro l'odore delle lepri. La sera prima, Bortol della Taja aveva ricevuto la visita di Celio, nella casa sul Col delle Cavalle.

«Già che ci sei» disse, «ricordati di passare da Pilin quando vai giù a farmi scorta di vino.»

Gli consegnò la vecchia otre di pelle da due litri e i soldi per farla riempire. Si lasciarono dopo aver bevuto qualche bicchiere e fatto congetture sulla battuta del giorno dopo.

Celio scese ed eseguì. Passò da Pilin, fece riempire la ghirba dalla Cate, pagò e filò a nanna.

Entrambi, sia Celio che Bortol della Taja, erano buoni bevitori.

Più avanti negli anni, diventarono assidui e poi disastrosi bevitori fino al sacrificio. Immolarono a Bacco le loro sgangherate esistenze.

L'indomani partirono, come già detto, al fioco chiarore di lampade a carburo. In fila indiana, zaini in spalla e fucili a tracolla. Celio chiudeva la fila. Ogni tanto inciampava finendo col muso a terra. Allora imprecava contro la notte dura e nera come una lastra di lavagna. Ma non era il buio a tradirne il passo. Era lui stesso, i suoi strapazzi, la sua vita sciagurata. Davanti tacevano. Solo quando Celio cadeva usciva dal cono di luce la voce di qualcuno che diceva: «Ce fèsto?», "Cosa fai?" chiedevano a turno.

«Nia», "Niente" rispondeva Celio, «non faccio niente.»

Continuarono di buon passo, nel silenzio dell'autunno, dei cani e, da lì in avanti, delle loro stesse voci. Arrivarono a quota lepri che il giorno stiracchiava le ossa. Usciva mezzo addormentato dal lenzuolo rosa dell'alba e si stendeva sulle punte dei monti circostanti. I cacciatori divisero zone e compiti ma Celio era già filato per conto suo. Se ne accorsero quando cominciarono a dire: «Tu vai qua, tu vai là».

«Il solito bastian contrario» bofonchiò Bortol, «almeno avesse invitato uno di noi.»

Dopo nemmeno un'ora, i cani iniziarono a sentire qualcosa. Fiutarono la pesta, abbaiarono. All'inizio piano, poi decisi. Alla fine partirono di corsa latrando senza sosta. Avevano trovato la preda. Dopo un po' si sentirono gli spari. La prima caccia era in corso, alcune lepri avevano incrociato i cacciatori ricevendo le scariche nella pancia. Più che battute alla lepre, a quei tempi erano stragi. Quella gente non si contentava di un capo o due, ne voleva dieci, venti e quanti più poteva. Andavano a caccia per mangiare, sostenere la famiglia, vendere la selvaggina. Insomma, sparavano per campare, ma anche per riscattarsi dai loro fallimenti.

Così era lassù a quei tempi. Alle balze del Borgà, il sole iniziò a scaldare anche se novembre lo fiaccava di molto. La caccia continuò spostando i cani verso i denti di Scalèt, i prati di Carmelìa e la Palazza. Celio non si vedeva, però gli amici ne udivano gli spari. Il furbastro presidiava le poste senza mancarne una. Era fatto così, amava la compagnia ma a distanza.

Verso le due del pomeriggio si riunirono per mangiare un boccone sulla Forcella Vallon di Buscada. Finalmente Celio fece vedere il suo muso da faina. Arrivò, doppietta in mano e zaino in spalla, serio come se avesse ricevuto una cattiva notizia. Ogni tanto perdeva il passo o meglio, il ritmo del cammino. Ma in quel punto il terreno era ripido, pettinato di erbe secche, la giornata era stata faticosa, si poteva capire. Avanzò finché non si unì al gruppo. Bortol della Taja, che mangiava pane e formaggio, deformò la voce in una sequela di bestemmie.

«E il vino?» abbaiò. «Potevi almeno consegnarmi la ghirba prima di andare per i cazzi tuoi!»

«Il cane faceva buono» rispose Celio, «ho dovuto seguirlo di fretta altrimenti addio lepre. Lo sai meglio di me, in queste cose quando è ora è ora.»

«Va ben, va ben, diamoci un taglio, ma adesso tira fuori la ghirba, e la prossima volta la tengo io.»

Celio si rannicchiò in una conca di prato come nella mano di un gigante. Posò la doppietta, cavò lo zaino e lo mise tra le gambe. Bortol della Taja gli fu sopra come il falco sulla serpe. Stando in piedi di fronte all'amico seduto, masticando pane e formaggio, farfugliò: «Svelto, cava la ghirba, fammi tirare un sorso».

«Calma» rispose Celio mentre slacciava lo spago dello zaino, «qui ci vuole un po' di calma.»

«Calma i coglioni!» sbraitò Bortol. «È tutto il giorno che non bevo un goccio! Solo acqua della Cogarìa, che sarà buona, ma non per me!»

Celio, restando accoccolato, aprì lo zaino adagio, mentre la sagoma nervosa di Bortol gli faceva ombra. Dal sacco spuntò una grossa lepre sistemata in cerchio lungo il perimetro d'apertura. Poi altre cose: cartucce, pane, salame, ronchetto, i calzettoni, una maglia di lana. Nascosta sul fondo, come omaggio alla dignità degli ultimi, o come se non volesse apparire alla luce, stava la ghirba. «Dammi qua» disse Bortol allungando il braccio. Celio gliela porse. Bortol l'afferrò e stralunò gli occhi. Non solo era vuota, ma addirittura strizzata, privata persino dell'aria. Era un otre sottovuoto. Non si può riferire quel che uscì dalla bocca di Bortol della Taja. Dovrebbe esser facile intuirlo ma dirlo non si può.

Alla fine, dopo una sfuriata spaventosa e aver minacciato Celio con la doppietta carica, si calmò. Rivolto al bastardo gli chiese: «Voglio almeno sapere perché l'hai bevuto tutto».

Con semplicità fanciullesca abilmente ricamata di candore, Celio rispose: «Ho lo zaino piccolo, la ghirba occupava spazio, se non finivo il vino non ci stava la lepre. E tenerla in mano era pericoloso, i guardiacaccia col binocolo l'avrebbero vista da lontano».

Quando tornarono a valle, di lepri ne avevano dodici. Celio ne aveva uccise tre, una gli era servita per la recita.

19

Tuta moderna

Intorno agli anni Ottanta in Italia prese piede lo sport estremo, o meglio la moda, di scalare cascate ghiacciate. Tale pratica, dai nostri fino allora ignorata, era molto in voga in Francia. Da noi la fece conoscere l'alpinista Walter Cecchinel. Ma era nata in Scozia, da dove l'italo-francese l'aveva importata. Oggi conta un sacco di adepti che tendono ad aumentare ogni anno. Per chi non lo sa, e saranno molti, consiste nell'arrampicare le colate di ghiaccio usando come appigli piccozze affilatissime, curve e dentate. Per appoggi, si fissano ai piedi ramponi speciali, spesso monopunta, e, allo stesso modo delle picche, con colpi decisi, si piantano nel ghiaccio e ci si tira su. Vale la regola della scalata su roccia: tre punti fermi, uno in movimento. Per avere un minimo di sicurezza, si avvitano alla cascata lunghi chiodi tubolari filettati, oggi in titanio, leggerissimi, sicuri ma di prezzo spaventoso.

L'arrampicata sull'acqua gelata è uno sport affascinante. Allo stesso tempo misterioso e strano perché adopera una materia effimera. Si sale d'inverno una sostanza solida, un cristallo di luce che al disgelo non esiste più. In primavera, un ghiacciatore può dire: «Quest'inverno sono salito di là, lungo quella riga d'acqua». E la indica. E pare impossibile, giacché della lucente gobba non vi è più traccia. Nemmeno dei chiodi, che al contrario, nella croda rimangono, a volte anche troppi.

Arrampicare sulle cascate gelate non richiede la fantasia che occorre in roccia. I movimenti sono ripetitivi, faticosi, alla lunga monotoni. Si viene però ripagati dal pulviscolo gelido del rischio, che penetra sotto la tuta come aghi di fuoco, creando inquietudini e domande. Come finirà? Terrà questo ghiaccio? Sopporterà il peso del mio corpo? O crollerà con me attaccato?

Queste domande del ghiacciatore s'affacciano anche nei dubbi del rocciatore ma di gran lunga in minor forza. Il sasso è materia più sicura. Quando capitano incidenti in roccia è quasi sempre colpa dell'alpinista. Nel ghiaccio accade il contrario di solito, è la colata che spazza via la formica che gli sta appesa sopra. Tutto cambia se la roccia è friabile. Molti anni fa, domandai a un fuoriclasse dell'arrampicata, Giovan Battista Vinatzer di Ortisei, la differenza tra roccia sana e roccia friabile. Era già avanti con gli anni, un anziano taciturno, e forse per questo rispose lapidario: «La roccia è sana quando tiene su l'alpinista, friabile quando è l'alpinista che deve tener su la roccia». Intanto mimava con le braccia il gesto di fermare qualcosa che viene giù. Mai immagine fu più calzante.

In entrambe le discipline, ghiaccio e croda, gli incidenti sono in agguato a ogni passo, a ogni movimento. Ma alcuni fanno riflettere: accaduti sì scalando montagne, non hanno a che vedere con il rischio che tale pratica comporta.

Una volta due amici, uno dei quali morto cadendo proprio da un lembo di acqua ghiacciata, si recarono in una valle remota a rampicarsi sulle cascate. Faceva un freddo da castigo. Nonostante disponessero di ottimo abbigliamento e avessero camminato un paio d'ore, arrivarono sul posto intirizziti.

La valle si apriva a settentrione ed era metà gennaio. Dentro quel mondo ibernato, s'alzava nel gelo siderale un paesaggio fiabesco. Fiori di brina crescevano qua e là come spume di mare congelate. Gli alberi erano coperti di zucchero filato, un piccolo torrente sussurrava appena sotto la coperta di ghiaccio, mentre un ciuffolotto intirizzito salutava i due temerari con un tenue *pit pit*. Le cascate abbondavano, vi era solo l'imbarazzo della scelta. Inoltre risultavano tutte da salire la prima volta, cioè vergini come si dice in gergo. Nessuno le aveva ancora graffiate con piche e ramponi, una vera pacchia.

A quel tempo erano apparse sul mercato le tute di pile, tessuto sintetico, idrorepellente, isolante e leggero, molto caldo. Ideale per muoversi sottozero. I due amici, a prezzo di qualche sacrificio, si erano comprati quelle nuove tute e ne andavano orgogliosi. A ogni occasione magnificavano le prestazioni dello strabiliante tessuto sintetico. Però, dentro quella valle remota, a metà gennaio di un inverno feroce, il gelo vinceva la sfida anche coi nuovi capi d'abbigliamento. Non di molto ma stava loro davanti.

«Accidenti che freddo» brontolò Giancarlo battendo le mani guantate una sull'altra.

«Già» rispose Aldo, piuttosto avvilito. «Lo sento.»

Era ancora presto e i due decisero di accendere un fuoco

e preparare l'impresa con calma senza patire addosso i morsi dell'inverno. Il combustibile non mancava. Intorno vegliavano enormi pini alla cui base s'ammucchiavano ramoscelli sottili, secchi e asciutti, per la prima fiamma. E attorno ancora legnetti di larice, pini mughi spaccati dalle valanghe, e altro materiale resinoso che piglia fuoco solo a guardarlo. C'era poca neve, i due cercarono una piazzola pulita e si dettero da fare. Entrambi esperti di vita all'aperto, divisero i compiti: Aldo accese i rametti filiformi, Giancarlo procurò il combustibile grosso. Aldo fumava. E fuma ancora. Quando il fuoco divampò per bene, prima di prendere le corde e imbragarsi, accese l'immancabile Gauloises.

«Buttale via» lo redarguì Giancarlo, «è veleno.»

«Hai qualche vizio tu?»

«Certo.»

«Allora buttalo via, è veleno anche quello. Tutti i vizi sono veleno.»

Si prendevano in giro, scherzavano, si stimavano, andavano d'accordo. Da una vita arrampicavano assieme. Quando Giancarlo cadde su quella cascata, per Aldo non ci fu più entusiasmo. Almeno non lo stesso di un tempo. Frequentò ancora la montagna ma era mutilato di un amico vero. Aldo e io, ogni volta che scalavamo assieme, parlavamo di lui. La scomparsa di Giancarlo aveva lasciato il segno pure in me. Anch'io gli ero amico. Credo tutti, nell'ambiente, gli fossero amici. Era buono e leale, non aveva nemici.

Finita la sigaretta, Aldo cavò la corda dallo zaino, Giancarlo fece altrettanto. Prima di passare all'azione, Aldo volle accumulare ancora un po' di calore nelle ossa. Il freddo mordeva feroce nonostante la tuta integrale di quel pile tanto esaltato. Per ravvivare le fiamme, raccolse una brancata di rami, s'avvicinò al fuoco e li buttò sopra senza pensarci troppo. Il colpo caduto dall'alto, scatenò una vampa che s'avvicinò alle gambe di Aldo. Il quale non conosceva completamente le proprietà del pile. Non sapeva che accanto a una fiamma è benzina pura. Giancarlo sentì *puff*. Girò la testa e vide Aldo in mutande. In tre secondi era rimasto coi soli scarponi. Batteva velocemente le mani sul corpo nel tentativo di strappare le chiazze di pile incollate alla pelle di gambe e braccia. Giancarlo scattò ad aiutarlo. L'operazione finì presto ma il povero Aldo era piuttosto malconcio. Ustionato in più parti, con calma olimpica disse: «Questi pile tengono distante il freddo ma non il caldo».

La scalata terminò lì.

Aldo, vestito alla meno peggio con qualche capo che l'amico si levò di dosso, dovette filare a casa al galoppo, prima che la distanza lo congelasse. Durante la ritirata, Giancarlo rideva. Ma c'era poco da ridere. L'amico si fece tre giorni di ospedale.

20

La multa

Dopo la morte della mamma, i gemelli Fulvio e Carlo Santamaria, cinquantenni, celibi, finirono in miseria. La vecchia per loro era tutto: ancora di salvataggio, isola dove rifugiarsi spossati e doloranti dopo i naufragi giornalieri nei mari del vino. Entrambi cacciatori spietati e senza scrupoli, furono boscaioli a tempo pieno fino a qualche anno fa, quando Fulvio, nervoso e testa calda, buttò la motosega e disse: «Basta! I tempi di grama mi hanno rotto i coglioni, un quintale di legna costa più di un barile di greggio!». Smise di andare al bosco con gran disappunto del fratello, che invece continuò. Vendevano legna a periodi alterni, quel che guadagnavano lo investivano in bagordi. Carlo ogni tanto comprava dei cani di peluche. Non si sapeva perché. Si sapeva che ne aveva una stanza piena. Ricordavano, per certi versi, i leggendari fratelli Legnole, alti due metri, bevitori indefessi, tornati inermi come bambini dopo la morte della mamma. Quelli vissero follemente, a modo loro, negli anni Trenta, questi erano moderni, meno alti e bevevano il doppio. Fulvio e Carlo Santamaria, pur non tagliando più boschi insieme, a bracconare andavano ancora uniti. Da quella pratica non li divideva nessuno, nemmeno la morte. Erano la scure nel manico e il manico nella scure. Dappertutto si muovevano in coppia, usando un motocarro Guzzi che era un pezzo da museo. Guidavano a turno. Piccoli, tarchiati, forti come tori, misogini fino al midollo, guardavano le donne al modo che si guata un esattore di Equitalia. Abitavano in una casupola impiantata come un comignolo, lungo il costone che dalla valle del Vajont saliva a colpi di reni fino alle balze del Borgà.

Quando morì la mamma, trascinarono la cassa in paese con la slitta, giacché nemmeno oggi quella zona è servita da una seppur minima carrozzabile. La vecchia non calava mai al villaggio. L'ultima volta era stato dieci anni prima, in occasione della Pentecoste. Laggiù aveva visto i figli impegnati a baruffare con altri boscaioli, tutti ubriachi da fare spavento. Giurò non mettere più piede in quel luogo di perdizione e mantenne la promessa. Il mattino dopo la rissa, s'adoperò a detergere con tiepida acqua salata il volto tumefatto dei pupilli, rientrati cantando nonostante i colpi ricevuti. Li trattava come bambini e loro si lasciavano trattare.

Ricordo un sacco di amici rovinati dalla spietata vigilanza materna. Celio, Venanzio, Olimpio, Vipaco, Sepp, Gil, Ian de Paol, Gildo. Si potrebbe andare avanti ore a stilare l'elenco degli sfigati per affetto sbagliato e scarsa responsabilità delle madri. A questa schiavitù non si sottrassero nemmeno Fulvio e Carlo Santamaria. I due la attenuarono col vino abdicando a tutto finché la vecchia morì. Si spense adagio, lassù, nella casa di rampa, piantata nel costone come un comignolo. Mentre agonizzava i figli impauriti imploravano: «Óma sta ochì, óma sta ochì», "Mamma rimani qui, mamma rimani qui".

Seppellita la madre iniziò per Fulvio e Carlo una discesa senza scampo verso il fondo. Lavoravano e bevevano, bevevano e lavoravano per bere. Quando non facevano baldoria, andavano a caccia, unico svago di un'esistenza scarna e senza storia, proiettata in un futuro di miseria privo del benché minimo progetto.

Quando Fulvio mollò la motosega, il fratello continuò da solo per qualche anno, poi cedette anche lui e la disfatta arrivò definitiva. Cominciarono a vendere la roba: asce, attrezzi, il motocarro, una stalla in zona Ponte di Pino. E poi campi, prati e boschi. In pochi anni dilapidarono tutto. Tennero solo le armi, due doppiette e due fucili a palla, comprati all'armeria Piazza di Maniago. La casa sulla rampa si ridusse all'osso. Ormai non conteneva altro che un tavolo, quattro sedie, una panca, la stufa, due letti, una madia e qualche stoviglia. I fucili li tenevano nascosti, le munizioni le caricavano da soli, la selvaggina la vendevano per un pasto alla buona e fiaschi di vino. Questa in sintesi la triste storia dei gemelli Fulvio e Carlo Santamaria.

Capitò che un autunno Carlo fu beccato dai guardiacaccia con un camoscio di frodo. Disse che lo stava trasportando per conto terzi ma non seppe dire che faccia avessero quei terzi. Comunque, fosse stato anche vero, mai avrebbe rivelato il nome dei mandanti. Lassù, a quei tempi, viveva gente omertosa, non rivelava nulla a nessuno, nemmeno sotto tortura. Né si pentiva. Se per disgrazia fioriva qualche delatore, dopo il tradimento aveva vita grama, doveva cambiare paese in fretta. Adesso non è più così, in qua e in là circolano spie e informatori. Se ne accorse a sue spese lo stesso Gelmo Canton. A Carlo venne sequestrato il camoscio, chieste le generalità e lasciato andare.

Dopo qualche tempo, un addetto gli recapitò la fatidica raccomandata. Conteneva una multa non da poco. Settecentoventisettemilaottocento lire. Carlo si disperò. Dopo aver aperto la busta sbiancò e iniziò a tremare. Novembre era quasi alla fine, faceva freddo. I fratelli avevano scorte di legna, un paio di salami appesi al soffitto, un po' di farina e formaggio. La stufa pompava calore, nella cucina i vetri sudavano, all'esterno facevano ricami di brina. Fulvio, con la giacca sotto la testa, pisolava sulla panca. Carlo girava attorno al tavolo, agitato e depresso. Quella raccomandata non ci voleva. Alla fine, torturato di affanno e ansia, svegliò il fratello.

«Carle! Carle!» diceva urtandogli la spalla.

«Cosa c'è?» brontolò l'altro svegliandosi di soprassalto. Aveva occhi rossi come i gufi, sporti in fuori come un tasso schiacciato da un camion.

«È arrivata la multa.»

«Che multa?»

«Per quel camoscio, ricordi?»

«Che camoscio? Non so niente di camosci, lasciami dormire, non rompere i coglioni.»

Si voltò dall'altra parte, sistemò la guancia sulla giacca e di lui fu silenzio. Carlo insisteva.

«C'è la multa, Fulvio, un sacco di soldi, settecentoepassamila, bisogna pagarla.»

Il fratello soffiava. In fondo alla panca l'occhio vuoto del bottiglione guardava la scena. Il multato incalzava.

«Che facciamo? Se non la pago sono rogne, magari mi mettono in galera.»

«Magari!» grugnì il gemello, voltato di schiena.

Carlo bestemmiò più volte. «Non dire così» saltò su. «È 'na roba seria, non c'è niente da scherzare, questa multa bisogna pagarla.»

Fulvio mise giù le gambe dalla panca lentamente, come fosse alla moviola. Si tirò in piedi e disse: «Fa' vedere».

Afferrò la scartoffia, l'appallottolò senza neppure leggere una riga, aprì i cerchi della stufa, la gettò dentro e richiuse. Rivolto al fratello disse: «Ecco, adesso è pagata».

Carlo, allibito, attaccò a piagnucolare. «Sì, sì, adesso ti arrangi, vedrai cosa succederà per colpa tua.»

Seguitò a lungo con nenie e lamenti ma Fulvio s'era già ributtato sulla panca nel più assoluto silenzio. Da quel momento, a scadenze precise, arrivava il postino e consegnava una raccomandata a Carlo. Sempre la stessa, ma il tasso di mora faceva aumentare la cifra. Ogni volta, Carlo tremolava e Fulvio gettava la multa nella stufa. A un certo punto la cifra aveva passato il milione di lire.

Una mattina di maggio si presentarono gli esattori a riscuotere. Erano due signori ben vestiti. Qua e là cantavano i cuculi, nel costone batteva il sole, sul paese il cielo splendeva come un catino lucidato. Non era giornata per andare a rompere i coglioni alla gente. Ma esattori e rompiscatole sentono poco il canto delle stagioni. I fratelli erano a casa. Gli intrusi bussarono. Aprì Carlo, li fece entrare. Gli Equitalia ante litteram, si guardarono intorno poi, più gentilmente possibile, spiegarono il motivo della visita. Fulvio si versò un bicchiere di vino. Senza guardare il fratello disse: «Li ammazzi tu o li ammazzo io?».

Non era gente che si suicidava per debiti, quella!

«Non scherzare» rispose, «sono dello Stato, lascia che facciano, gli parlo io.»

«Va bene» disse Fulvio, scolando il bicchiere. Ruttò, fissò i due e disse: «Comodatevi, prendete quel che volete, tranne questo». Afferrò il bottiglione e tirò due sorsi a canna.

Ahimè! Lì dentro c'era ben poco da pignorare, lo capirono subito. Se non prendevano panca, stufa e seggiole, la casa dei gemelli altro non offriva. Gli esattori ispezionarono i vani al piano di sopra. Vuoti. Tranne una camera piena di cani di peluche e due letti sfatti e maleodoranti, messi di sghembo in altrettante stanze puzzolenti, regnava ovunque la desolazione del nulla. Sorpresi e scornati, tornarono giù. In basso c'era il silenzio preoccupante dei due. Fulvio teneva un coltello in mano. S'avvicinò al più vecchio degli esattori, alzò il coltello sopra la testa e vibrò il colpo. Il salame cadde con un tonfo sul tavolo.

«Accomodatevi» disse, «mangiamo qualcosa, questo è buono. Ne abbiamo ancora due, uno è qua, l'altro sopra di voi.»

A quel punto, non restava altro da fare e gli esattori presero posto attorno al tavolo. In religioso silenzio, assieme ai due sciagurati, finirono il salame. I gemelli scolarono tutto il vino. Ma gli intrusi erano lì per confiscare qualcosa, non potevano fallire tornando a mani vuote.

«Veramente buono questo salame» disse l'esattore più vecchio.

«Eccellente» confermò il collega, «e ce n'è ancora uno.»
Fulvio capì. Si alzò e ripeté la manovra del coltello. Il secondo e ultimo salame piombò sul tavolo. Carlo strappò un foglio da vecchi giornali che servivano ad accendere il fuoco, avvolse il salame e lo consegnò al giovane. Si salutarono con una stretta di mano.

Prima di uscire, l'anziano disse: «È il nostro mestiere, scusateci. Per farvi capire il nostro mestiere vi racconto una barzelletta». Iniziò: «In un bar affollato entra un colosso di due metri, vede sul banco mezzo limone, lo prende e lo strizza con forza spaventosa. Rivolto agli astanti dice: "Diecimila lire a chi riesce a spremere ancora una goccia da questo limone". Ci provano tutti, ma dall'agrume non esce nulla. Si fa avanti un vecchietto piccolo, magro e trasandato. Vuol fare un tentativo. L'energumeno gli porge il limone e ride. Il vecchietto preme senza apparente sforzo e... *tac*, una goccia, *tac*, due, *tac*... la terza. Sbigottimento generale. L'energumeno paga il vecchietto poi gli chiede: "Scusi, ma lei chi è?". E lui con la vocina: "Eh eh, sono un vecchio agente delle tasse". E se ne va». Pure i due esattori, a quel punto, se ne andarono.

I gemelli rimasero in piedi, muti, a guardarsi in faccia.

21° racconto, quello triste

L'asina

Questo a seguire è un racconto triste perciò breve. Le tristezze narrate devono durare poco ché quelle vissute durano troppo e lasciano segni eterni. Ogni dolore avvilisce e tritura l'anima per il resto dei giorni. E quando arriva è una lava rovente che avanza nei canali del cuore. Poi solidifica, diventa presenza costante. Per questo si invecchia. Per eccesso di patimenti. Come diceva Byron: "Il ricordo della felicità non è più felicità, il ricordo del dolore è ancora dolore".

Ma veniamo alla storia.

Di un ragazzo che non studia, non è sveglio, non sa le nozioni elementari della vita, ignora le cose, si dice che è asino. A scuola, ai meno brillanti il maestro metteva in testa un cappuccio di cartone con le orecchie lunghe. L'ho indossato anch'io ed era piuttosto umiliante. Così, nell'accezione del luogo comune, in compagnia di oche e galline, l'asino rappresenta il simbolo dello scarso intelletto umano. Invece non è così. Gli asini sono dotati di estrema intelligenza oltre che di dolcezza. Studi recenti, piuttosto approfonditi, non fanno altro che confermare la verità. Verità

147

che finalmente dà a Cesare quel che è suo. Sappiano dunque bambini, ragazzi e adulti, che quando vengono additati come asini, ricevono un complimento.

Parecchi anni fa, quando Icio Duran, per vocazione naturale e, in seconda istanza, a causa della disfatta economica, si mise a fare il pastore di pecore, fu testimone di un episodio struggente. Pur essendo dieci anni più giovane di me, devo a Icio molte storie finite in pagine di libri e di questo gli sono grato. Stava col gregge sui pascoli di Lodina Alta, quei prati che sembrano raggiungere il cielo, assieme a Giancarlo dal Molin, discendente di pastori che a sua volta ha originato altri pastori. Stirpi di sangue migrante, di passi all'aria aperta, di sguardi oltre le scarpe. Il pastore fissa lontananze, scruta orizzonti, esplora curve di confine. Laggiù, nel nulla evanescente, si può perdere una pecora. E laggiù la si può individuare stagliata contro il cielo e riportarla in gregge. Paradossalmente, nel mondo dei pastori la lontananza avvicina, fa trovare le cose.

Doveva essere il mese di settembre, verso l'ultimo. Sui magnifici pascoli di Lodina Alta l'aria si faceva magra, i fiori chinavano la testa, il vento pettinava i larici dei valloni. Dal colle Agarùi, chiamato così perché ricco di rigagnoli, gli agarùi appunto, veniva un vento freddo che raggelava la nuca, segnava la fine dell'estate. Il gregge brucava avido la corta erba dei pascoli Vallazza e Pian dei Giai come se temesse che il vento dell'Agarùi la cancellasse d'improvviso lasciando tutti senza mangiare. Il pastore, con l'ausilio dei cani, badava che le pecore non si spingessero troppo in là, dove i prati finiscono di brusco, lasciando spazio a un vuoto che precipita fino a Cimolais, paese di Icio. Il quale stava sul bordo del salto e guardava giù. Vedeva la casa mille metri più in basso, con l'albergo, il ristorante e il locale dirimpetto, dove gli antenati macellavano bestiame per sfamare i clienti. Vedeva auto andare e venire, alcune parcheggiavano, altre si fermavano un attimo e ripartivano. Guardava e gli veniva il groppo in gola. Solo qualche anno prima quella roba era sua: la casa, l'albergo, e tutto quel che ora era di altri. Tracollo finanziario, direbbero i tecnici. Il suo fu tracollo dell'anima, del dolore, delle male cose che messe assieme danno il via alla discesa senza fine. Dietro ogni caduta c'è la spinta di un tormento segreto che non si svelerà a nessuno, nemmeno in punto di morte. Anche Icio porterà il suo nella tomba.

Il movimento del gregge e gli spostamenti erano supportati da quattro asini di cui una femmina, in quel periodo gravida, perciò non utilizzabile. La bestiola aveva già il suo peso da portare e anche piuttosto prezioso. Icio nutriva particolare affetto per l'asinella, tanto che la chiamava Nina, nome di sua madre. Non con ironia ma per udirne il suono. Sua mamma era morta e il suono di un nome caro può aiutare la nostalgia, renderla meno acuta, avvicinarne il ricordo. È un gesto d'affetto.

Quel pomeriggio di fine settembre, Icio e il pastore stavano là, sul bordo dell'aria, col vuoto che saliva dal dirupo come un canto tenebroso. Ogni tanto davano un fischio e i cani partivano a far piegare le pecore dal pericolo verso terreno sicuro. In quella zona c'era erba buona ma occorreva stare all'occhio. I due non mollavano attenzione, i cani facevano egregiamente il loro dovere. Gli asini, meno esigenti, soprattutto meno golosi, si contentavano di una breve radura circondata da faggi. Là, raspavano erba che non c'era più, l'avevano già mangiata. Forse era così dolce che volevano succhiarne le radici. L'asina incinta se ne stava in disparte, brucava poco. Era preoccupata, alzava la testa, sentiva muoversi qualcosa. Sentiva che erano trascorse dodici lune, il tempo di gestazione finito, il piccolo doveva saltar fuori dal nido. Lei era pronta, bastava arrivasse il segnale. Arrivò di lì a poco. Percepì che il mondo dentro di sé si stava rompendo, il ciuchino scalciava, brontolava, voleva aria. L'asina lentamente si mosse. Lasciò gli amici che brucassero la radura, lasciò il gregge, lasciò il boschetto, attraversò il pendio e andò a posizionarsi in una conca tra due larici vicino al dirupo. Forse volle fare quattro passi per stimolare il parto o solamente rimanere sola, lontana da occhi indiscreti. La nascita di qualsiasi essere è atto intimo, unico, il travaso di vita da madre a figlio, dal buio alla luce. Un miracolo di pudore che non dovrebbe avere spettatori. Gli animali lo hanno capito, gli uomini no. Gli uomini assistono le loro compagne nel parto, dentro cliniche attrezzate, indossando camicioni e mascherine: bambolotti patetici, spaventati, impacciati e fuori posto.

Icio stava in alto, notò il movimento della Nina. Sapeva che era prossima all'evento. Spostandosi verso il dirupo in mezzo ai larici era entrata nella sua naturale sala parto. Icio voleva scendere subito, poi riflettè e lasciò che si sgravasse. Per il momento era al sicuro, il ciuchino non si sarebbe alzato prima di un'ora. Dopo qualche tempo, calò a vedere se era nato l'erede. Era nato, la mamma ancora lo leccava, mentre stava accoccolato nell'erba. Ma il cucciolo ne aveva abbastanza di stare sdraiato. Con un colpo di reni si rizzò sulle gambe. Le puntò divaricate e tremolanti sul terreno e aspettò che arrivasse l'equilibrio. Tentò un passo e finì a terra. Si tirò su di nuovo, stavolta con maggior certezza. Tentò altri passi e piombò giù. Al terzo tentativo, padrone di una forza precaria, partì. Partì con l'entusiasmo dei bambini che scoprono la natura, il cielo e la terra. S'avviò, come molti giovani che s'affacciano alla vita, dalla parte sbagliata. Fece pochi passi, i suoi primi passi, verso il dirupo e sparì di sotto. Il povero ciuchino aveva vissuto poco più di un'ora. Quando vide che andava storto, Icio tentò di abbrancarlo, ma ormai era tardi. La mamma lanciò un raglio disperato. Fissò il bordo del salto, ragliò ancora una volta, prese la rincorsa e si lanciò nel vuoto. Morta anche lei, assieme al figlio. Aveva preferito così.

Tante volte Icio mi ha raccontato questa storia. Forse voleva che la scrivessi. Eccola.

Erto, ottobre 2012

Indice

Mauro Corona
Guida poco che devi bere

Consapevole di aver trascorso anni di bevute colossali – cantati e celebrati anche nei suoi libri – Mauro Corona ora cambia passo: si guarda indietro con lucidità e con l'atteggiamento critico di chi sa che nella vita gli è andata bene e sente che è arrivato il momento di mettere in guardia i giovani, perché non prendano con leggerezza, e tantomeno con esaltazione, l'alcol, nemico subdolo e accattivante.

Non si considera un medico, né uno psicologo, né un "indicatore di vie con l'indice puntato": è sempre lui, uno che ha fucilato la serenità della sua vita con l'alcol, nello specifico il vino. E sa benissimo che raccomandare ai giovani di non bere è come pretendere che non piova, quindi tanto vale dare loro qualche dritta per "bere bene senza fracassarsi il naso". Richiamando i suggerimenti che lui, a sua volta, non ha mai ascoltato, rievocando le memorabili avventure tra i monti di Erto e la valle del Vajont, e le sbronze che hanno tagliato le gambe dei suoi compagni e le sue, Mauro Corona stila un elenco di consigli, anzi, di veri e propri comandamenti. Tenendosi volutamente alla larga da falsi moralismi, solleva un problema importante e lo affronta con la sua consueta ironia, regalandoci un vademecum agile e spassoso e dedicando a tutti noi, noi bevitori, un augurio irriverente ma profondamente saggio: "Bevete e divertitevi ma non cancellate con l'alcol le vostre tracce".

Questo volume è stato stampato
presso ELCOGRAF S.p.A.
Stabilimento - Cles (TN)

Stampato in Italia - Printed in Italy